そうかと思えばアルノルトは、リーシェの肩口を
掴んだまま、血の滴る首筋に噛みつくではないか。
「うあ……っ!?」
じゅくり、と強く吸われた気がする。

覆い被さっていたアルノルトが身を屈め、
リーシェと自分の額を緩やかに重ねる。

互いの前髪が絡まって、くしゃりと音を立てた。

そうして彼は、瞑目するのだ。

「頼むから、もう泣くな」

懇願の言葉が、苦しげな声で紡がれる。

「――お前が泣いているのを見ると、
頭がどうにかなりそうだ……」

「……っ」

その瞬間、ふわりと体を持ち上げられて絶句した。
（で、殿下――――!!）
「横抱きじゃなければいいんだろう？」

VOLUME. 3

TOUKO AMEKAWA

ループ7回目の悪役令嬢は、元敵国で自由気ままな花嫁生活を満喫する

雨川透子

ILLUST. 八美☆わん

THE VILLAINESS OF 7TH TIME LOOP ENJOYS FREE-SPIRITED BRIDE LIFE IN THE FORMER HOSTILE COUNTRY

CONTENTS

THE VILLAINESS OF 7TH TIME LOOP ENJOYS FREE-SPIRITED BRIDE LIFE
IN THE FORMER HOSTILE COUNTRY

第一章

アルノルトから指輪を贈られた、その夜のこと。

夜会のホールに向かう道すがら、アルノルトの隣を歩いていたリーシェは、ふと思い立って口にした。

「アルノルト殿下はどうして、あのとき私に求婚なさったのですか？」

出会ったばかりの頃、何度か彼に尋ねた問いだ。

あのときははぐらかされたのだが、そろそろ教えてくれるのではないだろうか。そんな風に期待して見上げると、アルノルトは真顔でこちらを見る。

そのまま、平然とした表情で口にした。

「言ったはずだが。お前に惚《ほ》れていたからだと」

（だからそれ、ぜったい嘘《うそ》じゃないですか……！）

出会った瞬間を思い出しても、アルノルトに好かれそうな要素は見当たらない。

そしてあのアルノルト・ハインが、その場の勢いによる求婚なんてするはずもないのだ。リーシェはいささか拗《す》ねつつも、取っておいた言質を差し出した。

「……そのあと、『お前を利用するつもりで求婚した』とも仰《おっしゃ》いましたよ」

「まあ、理由などはなんでもいいだろう」

（殿下にとっては、そうかもしれませんけど！）

リーシェにとっては人生の分岐だ。すべてを知りたいとまでは言わないから、もう少しくらいは情報が欲しいところである。

不服な気持ちを顔に出したら、アルノルトは面白がるように笑った。この調子で、どうやったって求婚の理由を教えてくれるつもりはないらしい。

薬指の指輪をじいっと見つめ、リーシェはひとつ決意をする。

（そろそろ、次の段階に進むべきね）

＊＊＊

「そんなわけでテオドール殿下。お父君とアルノルト殿下の関係について、教えていただきたいのですが」

「……君、けっこう思い切ったところに踏み込んで来るよね……」

芝生に寝転んだテオドールは、リーシェが向けた問い掛けに呆《あき》れた顔をした。

降り注ぐ陽光が眩《まぶ》しいのか、彼はリーシェを見上げたあとで目を擦《こす》る。気乗りしない様子ではあるものの、律義に体を起こしてくれるのだから、兄同様にとてもやさしい。

「婚約者とそのお父さまとのお話は、私にとっても重要ですので」

テオドールの傍《そば》にハンカチを敷いたリーシェは、その上に座って膝を揃《そろ》える。

「テオドール殿下といえば、アルノルト殿下のことに最も詳しいお方。きっと何かご存じではないかと、こうして頼りに来た次第です」

「ふふん、まあそれほどでもある。兄上に関する知識であれば、この世界の誰にも負けないな」

リーシェがぱちぱち拍手をすると、テオドールは誇らしげに胸を張る。そのあとですぐさま膝を立て、その上に頬杖《ほおづえ》をついて口を尖《とが》らせた。

「……って期待されたところで悪いけど、それに応えられる気はしない。いくら義姉上《あねうえ》の頼みといえど、報酬に兄上の新情報を差し出されようと！」

「と、言いますと」

「僕は父上と喋《しゃべ》ったことがない。兄上と父上の関係について、探れる範囲では探ってみたけど、父上と兄上は公の場で会話をしないからね」

芝をぷちぷちと毟《むし》りながら、テオドールが続ける。

「父上から命令が下るときも、兄上はひとりきりで謁見の間に呼ばれるんだ。オリヴァーや父上の従者たちも、その場に同席することは許されないって」

（つまり、徹底的な人払いがされている？）

「でも。母君のことなら、ちょっとは知っているよ」

俯《うつむ》いていたリーシェは、思わぬ言葉に顔を上げた。

「確かアルノルト殿下の母君は、テオドール殿下の母君とは違うお方なのですよね」

「まあ、そんなのは珍しくない話だけどね」

そしてテオドールの母であった女性も、すでに亡くなっていると聞いている。ガルクハイン皇帝のいまの妃《きさき》は、兄弟にとって血の繋《つな》がらない相手だ。

「覚えてる？　兄上が、実の母親を殺したって言ったこと」

どこか寂しげな無表情で、テオドールに尋ねられた。リーシェは頷《うなず》き、そのときは聞かなかった問い掛けを口にする。

「一体何があったのですか？」

「兄上の母君は、ずっと兄上を憎んでいたらしい。兄上を遠ざけて、顔を見たら罵詈雑言《ばりぞうごん》を浴びせて。そんなことが長年続いていたある日、兄上が母君を剣で刺したそうだよ」

テオドールは、静かな声でこう続けた。

「左胸を、まっすぐに剣で貫いたって」

「……」

リーシェは不意に思い出す。

六度目の人生において、アルノルトの剣によって死んだこと。彼の差し向けた剣尖《けんせん》が、リーシェの心臓を刺したことを。

「そのことは、確かなのですか？」

「公には隠されているけれど、この国の重鎮であればみんな知ってる」

テオドールは、どこか苦い表情でこう続ける。

「母君はお姫さまだったんだって。父上の命令で、人質同然に嫁がされたらしい」

「……以前、殿下に教えていただきました。皇帝陛下は、アルノルト殿下の妻の条件として、『他国の王族の血を継ぐこと』を課したのだと」

リーシェの場合、故国の王家につらなる血を引いている。遠縁ではあるが、それによって認められたのだとアルノルトが言っていた。

(母君のことが分かれば、アルノルト殿下が私に求婚した理由の片鱗《へんりん》が見えるかも)

だが、この考えは甘いだろう。

(それが分かったところで、数年後の戦争を回避する策に繋がるかは分からないわ。やっぱり戦争開始の発端となる、父親殺し……現皇帝へのクーデターについて、調べないといけない気がする。それに、あの件についても)

色々と算段をつけていると、テオドールが大きく伸びをして立ち上がった。

「ふわあ、そろそろ戻るかあ」

「ごめんなさい。休憩中に、お邪魔でしたよね」

「本当だよまったく！　まあ、兄上の話が出来る時間は何物にも代えがたいから良いけど。あー、いま何時かな……」

「お昼の三時過ぎですね。太陽の位置から計算すると」

さっくり言い切ったリーシェを見て、テオドールは若干引いたような顔をした。

「時報を聞いたり時計を見たり、そういう動きをしてから即答してほしいんだけど」

「おおよその計算ですから、時計ほど正確ではありませんよ。そういえば、テオドール殿下」

ずっと気になっていた件について、リーシェは未来の義弟に尋ねてみる。

「あちらに見下ろせる城下町、尖った塔の綺麗《きれい》な建物がありますよね。あれは？」

以前、アルノルトにも尋ねたことのある問いだ。

テオドールは塔に目をやると、すらすらと答えてくれた。

「教会だよ。この大陸で二番目に大きくて立派だとかで、他国からも礼拝に来ることがあるんだって。月に一回集まって祈ったり、年に一回集まって歌ったり。それなりに重要な建物らしいけど」

「そう、なのですね」

やはり、確かめなければならないことがあるようだ。リーシェは静かに目を伏せ、計画を立てる。

テオドールにお礼を言い、彼と別れたあとは、離れた場所で待機してくれていた騎士たちと離宮に戻った。

そうしてアルノルトの執務室を訪れ、彼とふたりきりにしてもらうと、それぞれ向かい合った長椅子に腰を下ろす。リーシェは膝の上に手を重ね、真摯な気持ちで名前を呼んだ。

「アルノルト殿下」

「なんだ。大真面目な顔をして、一体どうした」

「この度は、とある勝手なお願いがありまして」

視線で続きを促され、リーシェはきっぱりと口にする。

「――正式な、婚約破棄をしたいのです」

「…………」

アルノルトが、静かな視線をこちらに向けた。

「あ。といっても、もちろん以前の……」

リーシェが言い掛けたところで、アルノルトが立ち上がる。

そうかと思えば、リーシェの隣に腰を下ろした。間近からじっと見据えられて、リーシェは僅かに息を呑《の》んだ。

「お前がそれを願うのなら」

「？　はい」

最後まで説明していないのだが、アルノルトは続きを求めてこない。

（アルノルト殿下のことだから、今回も私の思考を先回りして、意図を汲《く》んでくださったのかも）

形の良い手が伸びてくる。そして、珊瑚《さんご》色をしたリーシェの髪を梳《す》くように撫《な》でた。

「ひゃ」

先日、直接触れてもいいと伝えてからというもの、アルノルトは時折リーシェの髪を撫でる。

耳の横に触れるようなやり方のせいで、妙にくすぐったいし落ち着かない。アルノルトからしてみれば、何らかの動物でも撫でているつもりなのだろうが、不意打ちなせいで心臓に悪いのだ。

挙げ句の果てに顔が近くて、追い詰められているような気持ちになる。

「っ、殿下？」

リーシェの知る限り、世界で一番美しい顔をしたその男は、僅かに低い声でこう囁《ささや》いた。

「その場合、俺はいかなる手段を講じても、お前の邪魔をしなければならないが」

「……え」

その宣言に、絶句する。

どうしてこんなことを言われたのかと考えたあと、すれ違いがあることに気が付いた。

「お、お待ちください!! 私の言葉が足りませんでした、やっぱり最後まで説明します!! なのでちょっとだけ離れてください！」

「離さない。お前はいま、婚約破棄をしたいと言ったのだろう?」

「そうですが、そうじゃなくて!! アルノルト殿下の企《たくら》みから逃げ出すつもりなんてありません、私が正式に破棄したい婚約というのは……!!」

――以前の婚約者との。

「……」

そう付け足すと、アルノルトは深く眉根を寄せたあと、大きな溜《た》め息《いき》をついたのだった。

＊＊＊

ガルクハイン皇太子専用の馬車は、街道を南へと向かっていた。

(ここまでの旅程も、なんだかあっという間だったわね)

ここから半日ほど進んでいけば、目的地がぼんやりと見えてくるはずだ。

もうすぐ訪れる夏に合わせ、涼しげな若葉色のドレスに身を包んだリーシェは、馬車の向かい席

に座って書類を読んでいるアルノルトへ目を向ける。

（それにしても驚いたわ。まさかこの遠出に、アルノルト殿下が同行を申し出て下さるなんて）

そしてリーシェは一週間前、アルノルトと交わしたやりとりを思い出す。

『つまりですね。私が幼い頃にディートリヒ殿下と結んだ婚約が、正式には破棄されずに残っているのです』

アルノルトの執務室で、リーシェはそんな風に説明した。

目の前のアルノルトは、その意味を理解してくれたらしい。

『エルミティ国の王太子と、「婚約の儀」を交わしていたのか』

『仰る通りです。とっても古い儀式なので、今時はどこの国の王族も行わないものらしいですが』

『婚約の儀』は、『婚姻の儀』とは別に行われるものである。

これは多くの場合、政略結婚のときなどに、許嫁《いいなずけ》同士である子供たちを連れ出して行う儀式だ。

政略結婚など十数年かかる長い計画を、軽々しく反故《ほご》には出来ないようにするために結ばれるものだった。もっともディートリヒの場合、そんな契約があることはお構いなしだったのだが。

『どうやら私の両親が、エルミティ国王陛下に願い出たようで』

ほとんど霞《かすみ》のような記憶だが、リーシェはおぼろげにそのことを覚えている。

朝早くから支度をさせられ、とても眠かったということと、いつもと違う雰囲気に当てられて大はしゃぎするディートリヒのことしか思い出せないが。

『あの男との婚約が、いまだに神殿側で登録されたままになっている、と』

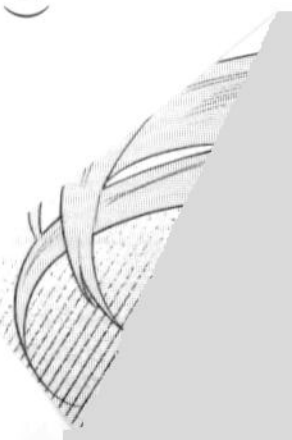

『私も寝耳に水でした。なにしろ婚約の儀だけでも珍しい上、その契約が破棄されるなんて前例が少ないものですから』

リーシェは目を閉じ、神妙な顔でうんうんと頷く。

『すっかり忘れていましたね。「大神殿に行って、婚約破棄の手続きを済ませないと、他の男性と結婚できない」だなんてこと！』

もちろん真っ赤な嘘である。

ディートリヒ以外の男性と結婚する場合、事前に大神殿での婚約破棄申請が必要なことを、リーシェはちゃんと知っていた。

あれは四回目の人生において、とある事情で大神殿に立ち寄ったときのことだ。司教から『儀式を交わした婚約者と縁を切るには、正式な手続きが必要だ』という話を聞き、その場で慌てて申請したのである。

（今回の人生では、分かっていたけれどわざと破棄せずにガルクハインまで来たのよね。……どうしてもアルノルト殿下と結婚したくないと思ったら、ディートリヒ殿下との婚約の儀が破棄されていないことを理由にして、隙を作って逃げ出そうと思って）

ほとんどの国では行っていない儀式なので、アルノルトも確認しないだろうと踏んでいたのだ。

リーシェは俯いたまま、上目遣いにちらりとアルノルトを見遣《みや》る。

（……だけどもう、大丈夫な気がするわ。「どうしてもアルノルト殿下と結婚したくない」とは、思わずに済みそうだし。……アルノルト殿下がやさしくて、やさしいし、やさしいから）

『なんだ』

『いえ、なんでも！』

とはいえ、せっかく残しておいた婚約だ。

普通に破棄するだけではなく、目的のために利用しなければ勿体《もったい》ない。リーシェはこれをきっかけに、とあることを調査するつもりでいた。

（ずっと気になっていたんだもの。アルノルト殿下と、クルシェード教団の関係について）

この世界には、かつて女神がいたという。

その女神を崇《あが》め、奉り、教えや暦などを作ったのがクルシェード教という名の教団だ。

教えは世界中に広まり、人々に信仰されている。リーシェの故国や、ガルクハインだって同様だ。

信心の深さに個人差はあれど、ほとんどの人がその教えに影響されながら生きている。結婚式では女神に愛を誓い、女神の生まれた日には家族でお祝いをするのだ。

大半の貴族は、名前と姓のほかに、教会での洗礼名を与えられる。

リーシェの場合、『リーシェ・イルムガルド・ヴェルツナー』という名前のうち、『イルムガルド』が教会に授けられた洗礼名だ。

そんな習慣が馴染《なじ》むくらいに、クルシェード教と女神の教えは浸透しているものだった。

（ガルクハインは、この世界で強い力を持つ『国』のひとつ。だけど、そんな強大国家と同じくらい強い力を持つのが、ガルクハインよりもずっと長い歴史を持つクルシェード教団だわ）

しかし、それほど大きな教団の歴史も、ひとりの人物によって灰となるのだ。

(――いまから五年後、皇帝となったアルノルト殿下が、教団のすべてを焼き払う)

各地の教会に火を放ち、司教たちを引き摺《ず》り出して、信者の前で殺していく。

(経典も燃やされ、信仰のシンボルは徹底的に破壊されて、跡形もなくなったはず。私も、一度はこの目で見たことがある)

この人生を始める前は、アルノルトのそうした行動について、大きな力を持つ組織の破壊が目的ではないかと考えていた。

けれど、今回の人生で彼と話をし、ずっと気になっていたことがあるのだ。

(離宮から見下ろすことが出来る、ガルクハインの城下町。初めてこのお城に来た日、街の東に見える尖塔《せんとう》が何なのか、アルノルト殿下に尋ねたことがあったのに)

アルノルトはこう言った。『教会だ。時計塔の役割も兼ねていて、朝と夜に定刻を告げる鐘を鳴らす』と。しかし、テオドールの答えと比べれば、その回答は不自然だ。

(アルノルト殿下の説明は、教会そのものにはほとんど触れず、時計塔としての役割にしか言及なさらなかった)

未来のアルノルトの所業も相まって、そのことが僅かに引っ掛かっていたのである。

(『教会』と呼ばれる建物の説明で、それしか教えてくれないのは変だわ。弟君のように、教会の権威や政治的価値を説明してくれそうなものなのに。それらを敢《あ》えて避けたとしか思えない)

もしかするとアルノルトは、教会に対する人知れない感情があるのかもしれない。

その感情が、五年後の凶行に繋がっているのだとしたら、リーシェにはなんとしてもそれを止めたい事情がいくつかある。

（それに、今回の人生で『あの方』に会えそうな機会はちょうど今だけだもの。……とはいえ、調査のため大神殿へ近づくには、不自然に思われない理由を用意しないとね）

であれば、ディートリヒとの婚約破棄はちょうどいい材料になるではないか。

この計画を思いついたのは、つい先日受け取った手紙のおかげだった。リーシェはそれを取り出して、アルノルトに見せる。

『婚約破棄の手続きについて、ディートリヒ殿下のいまの恋人であるマリーさまがとても頑張って下さったそうです。婚約の儀は滅多なことでは破棄できませんが、マリーさまはご自身をディートリヒ殿下の不貞相手と名乗り出ることで、婚約破棄を進めてくださいました』

アルノルトはつまらなさそうな表情で、リーシェの渡した手紙を眺めた。

『ディートリヒ殿下側の手続きは終わっているそうで、あとは私が大神殿に向かえば良いのだとか。ディートリヒ殿下とお会いせずに済みそうなので、迅速に処理は進められるかと思われます』

『……』

『ですので急なお話ですが、近日中にドマナ聖王国の大神殿まで出向いてもよろしいでしょうか。早ければ一週間ほどで、戻ってくることが出来るかと』

お願いのていを取っているが、アルノルトはここで頷くしかない。

なにしろ大神殿に行かなければ、リーシェはディートリヒ以外の男と結婚できないのである。アルノルトの思惑は知らないが、リーシェと結婚しなければならない事情がある以上、どうあっても許可が出るだろう。

（本当は、アルノルト殿下にも一緒に来てほしいのだけれど）

眉根を寄せ、いささか機嫌の悪そうな顔をしているアルノルトを見て、リーシェは考える。

なにしろ今回は、アルノルトの心理に引っ掛かる部分を知るための調査だ。当の本人がいてくれた方が、動きやすいのは間違いない。

（とはいえ、公務があるし絶対に無理よね。私ですらこの時期に留守にするには、婚姻の儀の支度を大急ぎで進めなくてはいけなかったし）

諦めようとしていた、そのときだった。

『……では、俺も同行する』

『えっ!?』

思わぬ言葉に声を上げる。隣に座ったままのアルノルトは、平然とした表情でリーシェを見た。

『なんだ。都合が悪いか』

（いえ、むしろその逆ですが!?）

都合が良すぎて驚愕《きょうがく》だ。

思惑が分からずに戸惑うと、アルノルトは長椅子の背凭《せもた》れに肘を掛け、こう説明してくる。

『ちょうど、教会に関する公務を溜め込んでいる。面倒で後回しにしていたが、直接顔を見て詰められるのであれば、その方が早いからな』

（……なんだか嘘っぽいような……）

『それに……』

言葉の続きを待って首をかしげると、アルノルトはしばらく沈黙した後に、こう口にした。

『いや。なんでもない』

これは随分と珍しいことだ。

アルノルトが一度言いかけた言葉を取り消すだなんて、滅多に見られる振る舞いではない。やはり教団に関することでは、いつもと態度が違うような気もする。

（気がするだけで、勘違いかもしれないけれど。とはいえ、一体どうして……）

じっと見つめてみるのだが、こんなことでアルノルトの考えが読めるはずもなかった。であれば、ここは有り難く同行してもらうのが一番だろう。

そうして数日後。

ドマナ聖王国への馬車は出立し、さらに数日を掛けて今日に至る。

（でも、まさか本当についてきて下さるなんて）

大神殿に向かう馬車の中で、リーシェはぼんやりと考えた。

向かいの席のアルノルトは、黙々と書類仕事を続けている。酔わないのか心配になるのだが、ずっと涼しい顔だった。

彼の傍に積まれた書類の束は、従者であるオリヴァーが死にそうな顔をしながら渡してきたものだ。なお、別の馬車にこれとは別の束が積まれている。

（まあ普通は無茶よね、皇太子がなんの準備もなく一週間も国を空けるなんて！　オリヴァーさまごめんなさい。アルノルト殿下が居て下さるお陰で、一定区間ごとに新しい馬を借りられて、想定以上の順調さで神殿に向かえています……）

道中で摘んだ薬草の処理をしつつ、リーシェは心の中で謝罪した。

「それにしても、さすがはガルクハインですね」

そんな風に話しかけながらも、解毒剤に使える花の萼《がく》を解《ほぐ》してゆく。

「大神殿までの道が、こんなに綺麗に整備されているだなんて。そうでなければ、いくらドマナ聖王国がお隣の国とはいえ、これほど楽に移動はできなかったと思います」

馬車での長旅とくれば、振動のせいで疲れも溜まりやすいのだが、舗装された道のお陰で負担も少ない。アルノルトは無関心な表情で、書類をめくりながら答える。

「この道の補修には、潤沢な予算が組まれている。大神殿へ礼拝に向かう人間が多いおかげで、街道周辺にある町からの税収が高いからな」

「人が長距離を移動すれば、それだけでお金が動きますからね。とはいえ往来があるということは、ガルクハインには敬虔《けいけん》な信徒が多いのですか？　教団が大神殿のすぐそばまで往来することを許しているのは、ガルクハインからの街道だけですし」

リーシェはそれも気になっていた。なにしろガルクハインと教団の力関係は、世界でも他に類を見ないものだからだ。

教団は、国家の枠を超えた力を持つ。

そのため本来ならば、大国やその王族が相手であろうとも、一切の優遇をしない。

教団にとって特別なのは、女神の血を引くと言われる血筋の姫君だけだ。それなのに、ガルクハイン国を相手にしたときだけ、教団は少しだけ違ったそぶりを見せるのである。

世界で二番目に大きな教会が、ガルクハインに存在することもそのひとつだ。権威の差が出ることのないよう、他の国々の教会は、どれも同程度の規模で造られているはずなのに。

（教団がガルクハインを特別視しているだけじゃない。ガルクハイン側だって、教団のあるドマナ聖王国には侵略していないのよね）

ドマナ聖王国が『隣国』なのは、ガルクハインとドマナ聖王国のあいだにあった国々が、戦争によってガルクハイン領になったからだ。

（教団の本拠地であるドマナ聖王国は、強い武力を持つわけではないのに。ガルクハインは侵略することなく、自国の南側に存在を許している）

現皇帝であるアルノルトの父は、積極的に戦争を仕掛けてきた男だ。アルノルトの言葉の端々からも、好戦的な人物であることは察せられる。

それなのに、『政治的に重要だが戦力は乏しい』という国を相手に、どうして友好関係を保ったまま放置しているのだろう。

（商人人生であちこちを飛び回っていたときの噂《うわさ》では、『ガルクハイン皇帝は信心深い』なんて聞いたこともあったけど……アルノルト殿下が教会を焼くのは、信心深い父君との確執のせい？）

「そんなことより」

アルノルトは書類から顔を上げ、リーシェの目を見た。

「本当に、侍女を同行させなくて良かったのか」

「はい。いまの時期、大神殿は立ち入ることの出来る人が限られますから。神殿への滞在中、近くの街で待機させるくらいなら、離宮に残ってもらった方がいいです」

「祭典か。間の悪い時期に重なったものだな」

（むしろ、その祭典準備に重なるように日程を組んだとは言えないわね……）

そんなことを考えていると、馬車がゆっくりと速度を落とし始めた。

リーシェは窓の外を見てみるが、ここは街道の途中にある森の中だ。目的地でもなければ、休憩が出来そうな場所でもない。

にもかかわらず、やがて馬車は完全に停《と》まった。アルノルトが動こうとした気配を察知して、リーシェは彼の袖をしっかりと掴《つか》む。すると、アルノルトは眉根を寄せた。

「……異常が起きたらしい。お前は馬車の中に残れ」

「二度も置いていかれるつもりはありません。閉じ込められたところで無意味だということも、殿下はとっくにご存じでしょう？」

アルノルトと乗っている馬車に異常が起きるのは、これで二回目だ。前回はアルノルトに遅れを取ったが、今回はそうはいかない。

アルノルトは溜め息をついたあと、自分が先に馬車を降りて、リーシェに手を差し伸べた。

リーシェは微笑《ほほえ》み、その手を取って馬車を降りる。皇太子用の馬車の前には、護衛の騎士が乗った馬車が停まっていて、馬車の外に出た騎士たちが困惑した表情を浮かべていた。

「何があった」

「アルノルト殿下。それが、他国の馬車が街道を塞いでいるようでして」

その報告を聞き、リーシェは嫌な予感がした。

（まさか……）

とある人物の姿を思い浮かべると、ほとんどそれと同時くらいに、想像した通りの声がする。

「――ぜったいに嫌なの！　嫌い嫌い、嫌なんだから!!」

明るく澄んだ少女の声が、辺りの森に響き渡った。

アルノルトがそちらに視線を向ける。純白の馬車の扉が開いて、中から十歳くらいの少女が飛び出してきた。

「こら、聞き分けなさい！　なにが不満だと言うんだ。白い馬車はお前の希望通りだし、さっきまでは機嫌よく乗っていたじゃないか！」

「気分が変わったの!!　今度は黒い馬車じゃなきゃ嫌。ぜーったい嫌!!　じゃないと……」

そして少女がこちらを見る。

人形のように美しい容姿と、ぱっちりした大きな瞳。淡い紫色をした髪は、豊かなウェーブを描いている。

フリルのついたレモン色のドレスは、十歳という年齢にしては少々幼いものの、愛くるしい彼女の容姿によく似合っていた。

つやつやに磨かれた靴を履いたその少女は、リーシェたちが乗っていた馬車の色が黒であることを見留めるなり、決死の覚悟という顔で叫ぶ。

「決めたわ!! パパが私の言うことを聞いてくれないなら……っ」

そうかと思えば、全速力で駆けてきて、リーシェの腰に抱きついてこう叫んだ。

「この人たちの馬車に乗せてもらっちゃうんだから!!」

「ミリア!! よそ様にご迷惑をおかけするのはやめなさい!!」

(あああ……)

リーシェは少女を見下ろすと、心の中でそうっと溜め息をついた。

(相変わらずですね。ミリアお嬢さま)

彼女こそ、リーシェが侍女人生で仕えていた令嬢であり、今回の『目的』なのである。

＊＊＊

四度目の人生で、リーシェが公爵令嬢ミリア・クラリッサ・ジョーナルに仕え始めるのは、いまから一年半ほど後のことである。

ドマナ王国の侯爵家で働き、幼くやんちゃな子息たちと仲良くなっていたリーシェは、『ジョーナル公爵家でも同じような働きをしてほしい』と頼まれた。そして向かったジョーナル家で、十一

歳のミリアと出会ったのだ。

ミリアはとても気難しくて、他の侍女たちからも遠巻きにされていた。

彼女の父である公爵は、昔罹《かか》った病のせいで体に麻痺《まひ》があり、体調を崩しがちな人でもあった。

あまり一緒にいられない娘を気遣い、けれどもそのやり方が上手《うま》くなくて、ミリアの我儘《わがまま》に対処が出来なくなっていたのである。

侍女長はリーシェが到着するなり、第一声で『あなたもミリアお嬢さまには気をつけなさい。とても扱いが難しい、困ったお方なのよ』と言い放った。

（でも……）

七回目の人生で、ミリアと二度目の初対面を果たしたリーシェは、腰にぎゅうっと抱きついている彼女のつむじを見下ろす。ミリアの馬車からは、困り果てた顔の男性が降りてきた。

「ミリア、ご迷惑だろう！」

（ジョーナル閣下）

四十代くらいの男性が、慌てた様子でこちらに歩いてくる。

金髪を後ろに撫で付け、口髭《くちひげ》を綺麗に整えた男性は、リーシェのかつての主人だった。だが、リーシェの記憶とは違い、いまの彼は杖《つえ》をついていない。

（ジョーナル閣下は、ずっと昔に病を患ったと聞いていたのに？）

実際は、体に麻痺が出たのは今から一年半以内のことだったらしい。

彼はリーシェたちの傍まで来ると、まずは礼儀正しく頭を下げた。

「申し訳ございませんお嬢さん。娘がご迷惑をお掛けして……ほら、離れなさい!!」

「嫌よ、嫌ーっ!!」

ミリアは力一杯叫ぶと、ぎゅうぎゅうと腕の力を強くする。そして、見知らぬ相手であるリーシェのドレスに顔を埋《うず》めた。

「ミリア！」

「だってパパなんか嫌いだもの!! 私のお願いを聞いてくれないし、それなのに叱るし!! この人たちに迷惑を掛けるのは、全部パパが意地悪なせいなんだから!!」

ミリアがそう叫ぶと、アルノルトが眉根を寄せた。

リーシェは、彼が動こうとするのを視線で制した後、ミリアの小さなつむじに話しかける。

「お嬢さま」

「話し掛けないでっ、あなたもパパの味方をするのでしょう!? 初めて会って何も知らないくせに、私の話も聞いてないのに！」

「お嬢さま。どうかこちらをご覧ください」

「っ、なんですの、一体……!!」

苛立《いらだ》ったように顔を上げたミリアが、次の瞬間に息を呑む。

「？」

リーシェが彼女の上に広げたのは、仕込んでおいたハンカチだ。

白いレースのそれを見せると、ミリアは『意味が分からない』という顔をした。その一瞬の困惑を狙い、リーシェはハンカチを右手の中に丸めてしまう。

握り込んだ手に左手を重ね、その手の甲に軽くちゅっと口付けたあと、一拍置いて両手を開いた。

「……え……っ!?」

手の中に仕舞ったハンカチは、跡形もなく消えている。

代わりに現れたのは、小さな熊のぬいぐるみだ。

使用人や騎士たちが、驚いてざわめく。しかし、それを目の前で見ていたミリアは、誰よりも驚いたようだった。

「まっ、まっ、まほう……!?」

ミリアの頬が赤く染まり、大きな目がきらきらと輝く。リーシェはくすっと微笑んだ。

「いいえ、お嬢さま。これは『奇術《てじな》』というものです。お近づきの印に」

「い、いいの!?」

「もちろんです」

ぬいぐるみを差し出すと、頑《かたく》なだったミリアの両手が解けてゆく。

リーシェはその場にしゃがみこむと、ミリアより下の目線から挨拶をした。

「私はリーシェ・イルムガルド・ヴェルツナーと申します。お嬢さまのお名前は？」

「……私はミリア・クラリッサ・ジョーナル。パパの娘で、十歳よ」

「では、ミリアさま」

今回の人生で、彼女を『お嬢さま』と呼び続けることは出来ない。

少しだけ寂しい気持ちで微笑むと、このために準備していたぬいぐるみを彼女に渡す。

「お気に召すと嬉《うれ》しいのですが」

「あ、あう」

恥ずかしがるように眉を下げたミリアは、それでもぬいぐるみを両手で包み、視線を逸《そ》らしながらこう言った。

「あり、がとう……」

「驚いた。まさかミリアが、あんなに大人しくなるとは」

父親であるジョーナルが、信じられないものを見るような視線を向けてくる。

(ミリアお嬢さまは、本当は素直で良い子だもの)

十一歳のミリアに出会い、その世話役を任されたリーシェは、年齢よりもあどけない彼女のことをずっと見てきた。

一緒に花壇で花を育て、森へ散歩をし、雷の夜は同じ寝台で眠る。勉強を嫌がる彼女のため、リーシェも一緒に教本へ向かって、たくさんの時間を一緒に過ごした。

そして、ミリアがいまのリーシェと同じ、十五歳になったとき。

ミリアは教会で婚姻の儀を結び、幸せな花嫁になるのである。

(けれども、あの日)

リーシェは静かに立ち上がり、そっと目を瞑《つむ》る。

(――ミリアさまの婚姻の儀を終えた場に、ガルクハイン国の軍勢が攻め込んできた)

そしてリーシェは殺された。

侍女でありながら、ミリアの姉同然の身として参列を許されたリーシェは、ガルクハイン軍が雪崩《なだ》れ込んだ教会にいたのだ。

そして、火を放たれた教会からミリアたちを逃し、そのまま命を落としたのである。

（そういえば、私が死んだあの教会に、アルノルト殿下はいらしたのかしら）

ふと気になって、傍らのアルノルトを見上げた。

アルノルトは、リーシェとミリアのやりとりを淡々と眺めていたようだが、リーシェが振り返ったために視線が重なる。

（きっと、いらしていたわね）

そしてアルノルトが命じたのだ。

あの美しい神殿に火を放ち、中にいる人間を殺すように言い放った。

「……」

リーシェはそっと目を伏せて、気づかれないように深呼吸をする。それから顔を上げ、婚約者の名を呼んだ。

「アルノルト殿下」

そうして彼の傍に歩み寄り、小さな声で抗議をした。

「――先ほど、私が奇術を使った際に、仕掛けの辺りをじっと注視なさっていたでしょう！」

「……」

するとアルノルトは、ふいっとそっぽを向いてこう答えた。

「仕方がないだろう。右手に周囲の視線を集めるように誘導していたが、左手が明らかに不自然な動きをしていた」

「普通の人は、ちゃんと右手の方に集中してくれるはずなんです。たとえ気が付いたからといって、そこは受け流していただかなければ」

「そんなことより、いまのは前もってドレスの袖に仕込みをしておく必要があっただろう。随分と用意周到じゃないか」

「……」

今度はリーシェがそっぽを向きたくなったが、怪しまれないように堂々と見上げる。

「本当はアルノルト殿下にお披露目しようとしていたんです。馬車の道中、休憩のときにでも」

「ほう？　まさかお前は、俺の前に熊のぬいぐるみを出す気だったとでも言うのか」

「ふ……ふわふわで、殿下が癒されるかと思いまして」

「っ、は」

アルノルトはそこで、おかしそうに笑った。

それがびっくりするほどに穏やかな笑い方だったので、リーシェは目を丸くする。

「まあいい。そういうことにしておいてやる」

「……本当は、神殿に小さな子供がいたら、その子たちに見せたくて練習していたのですけど！」

「そうか。それは残念だな」

何が残念なのかは分からないが、そういうことにしておく。でなければ、アルノルトの言う通り、怪しすぎるからだ。

（ミリアお嬢さまには、大神殿かその道中かでお会いできる算段だったのよね。まさかアルノルト殿下も、私が最初からミリアお嬢さまに鉢合わせするつもりだったとは思わないでしょうけれど……問題は、ミリアお嬢さまたちの方だわ）

リーシェは振り返り、先ほどよりは落ち着いた父娘のやりとりを見遣る。

「ミリア、聞き分けなさい。大神殿まではあと少しだ、白い馬車でも構わないだろう？」

「だって、よく見たら白なんて子供っぽいもの！　私は祭典で巫女《みこ》姫さまの代理に選ばれたのよ？　だったら、それに似合う馬車じゃないと恥ずかしいわ！」

ジョーナル家の使用人や侍女たちが、はらはらとした顔で見守っていた。その中に、リーシェの知る顔ぶれはひとりも入っていないようだ。

（やっぱり変ね）

なんとなく、違和感を覚えた。

（ミリアお嬢さまは、いくらなんでもこんなに我が儘では無かったはず。お勉強が嫌だったり、おやつに甘いものが食べたいと駄々を捏《こ》ねることがあっても、『馬車の色が気に入らない』なんてどうにもならない無茶は仰らなかった。……私が知る十一歳になられる前は、このくらいだったのかもしれないけれど）

ジョーナル公爵にも目を向ける。

『昔から体調が悪かった』と聞いていたが、いまの彼は至って健康体だ。少々疲れが見えるものの、それは馬車による移動と、娘の癇癪《かんしゃく》に手を焼いた末のものだろう。

公爵は深い溜め息をついたあと、改めてリーシェとアルノルトに頭を下げた。

「ご挨拶が遅れました。私はドマナ聖王国にて公爵位を拝領しております、ヨーゼフ・エーレンフリート・ジョーナルと申します。娘がご迷惑をお掛けしてしまい」

その次に彼は、アルノルトの馬車に描かれたガルクハイン国の紋章に目を向ける。

「もしや皆さまは、ガルクハイン皇族の方々でしょうか」

アルノルトは短く息を吐き出し、皇太子としての挨拶を述べた。

「アルノルト・ハインだ。貴公には、父帝が世話になっているのだったな」

「――……」

公爵が、僅かに息を呑んだような気がした。

巧妙に隠したようだが、リーシェにははっきりと動揺が分かる。恐らくは、アルノルトもそれを察しただろう。公爵は、すぐに笑顔を作る。

「皇太子殿下であらせられたとは。であればこちらのお嬢さんは、この度婚約なさったという御令嬢でしたか。重ね重ね、我が娘のご無礼をお許しください」

「……妻が許すと言うのであれば」

「もちろん問題ございませんわ。こんな可愛《かわい》らしいお嬢さまにお会い出来たのですから」

リーシェはにっこり微笑んだ後、ミリアの方に歩み寄った。

アルノルトとジョーナル公爵は、そのまま儀礼的な挨拶を続けている。その隙にリーシェはしゃがみこみ、ミリアにそっと微笑みかけた。

「ミリアさま。どうしてそのように、お父さまと喧嘩《けんか》をなさるのです?」

「私は巫女姫さまの代理なのに、パパは分かってくれないの。祭典までもうすぐなのだし、私がきちんとしなければ、お亡くなりになった本物の巫女姫さまや女神さまに恥ずかしいわ!」

「まあ。それでは次の祭典は、ミリアさまが巫女姫さま役を務められるのですね」

本当はすべて知っているのだが、初めて聞いたふりをした。

クルシェード教では、信仰対象である女神のための祭典が開かれる。その祭典には通常ならば、女神の血を引くと言われる『巫女』の女性が臨み、女神に祈りを捧《ささ》げるのだ。

教会は、その巫女を代々とても大切にしてきた。

しかし二十二年も前に、先代巫女姫が事故で命を落とし、女神の血筋の女性がいなくなってしまったという。

血族には男子が生まれているため、血が絶えることはないのだが、女神の代行者である巫女姫は女性にしか務められない。

(だから教団は、二十年ほど祭典を中止にし続けてきた。でも、信者たちから抗議の声が上がり始めた結果、今年から巫女姫の代理を立てた祭典を再開する……)

侍女人生で受けた説明を、リーシェは思い返す。

「たしか、巫女姫の代理になれるのは、ドマナ聖王国の貴族家に生まれた女性だけだとお聞きしました。ミリアさまはその座に選ばれた、と」

「そうなの。これはとっても名誉なことでしょう？　それなのに、パパは」

ミリアはきゅっとくちびるを結び、小さな声で呟《つぶや》いた。

「――パパは馬鹿だわ。私を怒らせるだなんて」

聞いたことのないほど低いミリアの声音に、リーシェは思わず瞬きをする。

先ほどまでのミリアは、年齢よりも幼い我が儘を繰り返していたはずだ。それなのにいまは、ずっと大人びた表情をして、静かに父親を見据えている。

「私はパパを呪えるのに。……私に呪われた人たちが、みんなみんな死んじゃうってことを、パパはまだ信じていないのね」

「……ミリアさま……？」

ぞくり、と。

嫌な寒気が、リーシェの背中を這《は》い上がった。

仕えていた少女の、これまで一度も見たことのない表情に、思わず言葉を無くす。

そういえば侍女の人生で、彼女はたった一度だけ、一緒の寝台で眠るリーシェに話したことがあったのだ。

『あのねリーシェ。私、人には言えない力があったの』

『……今は使えなくなっちゃったし、どんな力かは、パパとの約束で言えないけれど……でも、本当なのよ』

普段は天真爛漫《てんしんらんまん》で、勝気な表情も多かったミリアが、その話をしたときは表情を曇らせていた。

あの不安そうな告白は、先ほどのミリアが口にした『呪い』と関係があるのだろうか。

(魔法は無いし、呪いなんて存在しない。……普通なら、そんな意見も出てくるところなのでしょうけれど)

リーシェはそれを断言できない。そもそもが他ならぬリーシェこそ、不思議な力で人生のやり直しを繰り返している。

ミリアにどんな言葉を掛けるべきか、考え込んだそのときだった。

「――――!」

空気がぴりっと張り詰めるのを感じた。

ほんの一瞬のことであり、他の誰も気が付かなかっただろう。けれども確かに感じたその気配に、リーシェは振り返る。

(アルノルト殿下?)

公爵とのやりとりを終えたらしきアルノルトが、少し離れた場所からこちらを眺めていた。

アルノルトは、ひどく冷酷なまなざしを、真《ま》っ直《す》ぐにミリアへと注いでいる。

とてもではないが、初対面の少女に向けるような視線ではない。その冷え切った双眸《そうぼう》は、とある人物を思い出させた。

(五年後の、『皇帝』アルノルト・ハインと同じ表情……)

未来で教会を焼き払うアルノルトが、ゆっくりとこちらに歩き始めた。

反射的に、ミリアのことを振り返る。ミリア本人は、アルノルトが自分を見ていることなど気が付いていないようだ。

「私、もう馬車に戻るわ。……ぬ、ぬいぐるみ、ありがとう……！」

「あっ、ミリアさま！」

ぱっと駆け出した少女の背中は、馬車の中へと消えてしまった。

公爵がこちらを見て、深々と頭を下げる。こちらもスカートの裾を摘《つま》み、礼を返したあと、ふうっと息を吐き出した。

「リーシェ。出立するぞ、こちらに来い」

「……はい、アルノルト殿下」

アルノルトは、いつもの無表情に戻っている。彼に呼ばれたリーシェは、大人しく馬車に戻り、アルノルトの向かいに座った。

窓の外を見ると、公爵たちは道の両脇に控えている。

巫女姫の代理を乗せているといえど、あちらは公爵家の馬車だ。他国の皇族に追従しないよう、しばらく距離を置いてから馬車を出すつもりだろう。

（大神殿に到着するのは、私たちが先になりそうね）

リーシェはそんなことを考えつつ、アルノルトをちらりと見た。

（さっきの表情。もしかしてアルノルト殿下は、『あのこと』に気が付いている？）

ジョーナル公爵家のとある事情を思い浮かべ、眉根を寄せる。

（いくらなんでもそれは……いいえ。多少あからさまでもいいから、探りを入れるべきね）

リーシェはじっと見つめてみた。

すると、動き出した馬車の中で書類仕事を再開しようとしていたアルノルトが口を開く。

「……なんだ」

「さっき。ミリアさまを見て、怖いお顔をなさっていたでしょう」

まさか、直球で踏み込むとは思わなかったのだろう。アルノルトは書類から視線を上げる。

「別に、普段とそう変わらないと思うが」

「そんなことはありません。いつもの殿下はもっと、穏やかな表情をなさっていますよ」

「……」

「え。どうかなさいました？」

妙なタイミングで顰《しか》めっ面《つら》をされたので、リーシェはたじろいだ。彼が渋面を作るとしても、もう少し先の会話だと思っていたからだ。

「俺のことをそう評するのは、お前くらいのものだぞ」

「そんなことはない気がしますけど……」

「……もういい」

リーシェが首をかしげると、アルノルトは手にしていた書類を座席の横に置いた。

窓枠に頬杖をつき、目を伏せてから口を開く。

「さしたる理由があったわけではない。ただ、子供が好きではないだけだ」

（なるほど、そうくるのね）

　この際なので、もう一歩踏み込むことにした。

「子供と言っても、ミリアさまは十歳だそうですよ。確か、アルノルト殿下の三番目の妹君も同じくらいですよね？」

「興味はないし、覚えてもいない」

（本当かしら……）

　アルノルトはそう言うものの、いまのリーシェが鵜呑《うの》みにすることはない。

　何しろ彼は、弟であるテオドールに対しても、表向きの振る舞いと内心が違っていたのだ。

　疑いの視線を隠さずにいたら、アルノルトは小さく息を吐き出したあと、無表情のままで言った。

「血縁者だからといって、誰しもが無条件に情を結べるものではない。血の繋がりは、『良好な関係性を築けるかどうか』には、一切影響しないものだ」

「それは、仰る通りだと思いますが」

　リーシェだって、実の両親とは分かり合えていない。家族といえど他人なのだという、アルノルトの意見はもっともだ。

（それにしても、いまのは妹君というよりも、お父君のことを仰っているような気がするのよね）

　窓の外を眺めるアルノルトが、とある一点を見つめている。

　そちらにリーシェも視線をやれば、遠くの方に荘厳な石造りの建物が見えた。あれこそが、目的地である大神殿だ。

皇帝アルノルト・ハインはきっと、リーシェが命を落としたあとの未来で、あの大神殿も焼き払うのだろう。

(大神殿に滞在できるのは、せいぜい数日だわ。婚約破棄の手続きを終えるまえに、探るだけ探っておかなければ)

そこから一時間ほどが経《た》ち、馬車は大神殿へと到着した。アルノルトに再び手を引かれ、馬車を降りる。

異変が起きたのは、そのときだった。

「止まれ!! おい君、一体どうしたんだ!?」

後方の騎士たちが声を上げ、馬のいななきが聞こえてくる。

振り返れば、十歳前後の少年が、馬から転がり落ちるようにして地面に降りたところだった。

相当消耗しているのか、少年は肩で荒く呼吸をしている。アルノルトの近衛《このえ》騎士たちは、警戒と介抱のために少年を囲んだ。

リーシェも近付きたいところだが、アルノルトにしっかりと手首を掴まれている。しかし、異常事態であることは一目瞭然だ。

(馬の鞍《くら》に描かれた紋章は、ジョーナル公爵家のものだわ。一体何が……)

少年を観察しようとしたリーシェは、そこで息を呑む。

(あの子は……)

騎士人生のリーシェには、気がかりな少年がひとり居た。

リーシェよりも四歳年下で、いまならば十一歳のはずだ。さらさらとした茶色の髪に、あどけない印象の顔立ちだが、暗く澱《よど》んだ目で大人を見つめる癖がある。そしてその目の片方は、黒い眼帯で塞がれていた。

その少年によく似た子供が、リーシェの目の前にいる。

見間違いかとも思ったが、それにしてはあまりに似過ぎている。記憶より少しだけ背が低い気もするが、出会う時期が半年後であることを考えれば当然だ。

（でも、そんな話は聞いたことがないわ）

少年は、荒い呼吸の中から必死に声を絞り出し、騎士たちに告げる。

「けて……ください。助け、て……」

「落ち着いてくれ、話せるか？　ゆっくりでいいから」

「こっ、しゃく……が……」

「駄目か……おい、誰か水を持って来てくれ！」

「っ、アルノルト殿下、私も……」

リーシェが懇願する前に、アルノルトの手が離された。

かと思えば、アルノルトはリーシェよりも先に歩き始め、少年の前に膝をつく。それを見て、騎士たちが慌てて声を上げた。

「殿下！　お下がりください、子供といえどどのような危険があるか……」

「声を出せないのであれば、俺の質問に首を振って答えろ。――ジョーナル公に何かあったのか」

「……っ」

少年が大きく頷いて、リーシェの心臓がどくりと嫌な音を立てた。

「公爵は既に死んでいるか」

少年はぶんぶんと首を横に振る。

「なら、命の危機にある状況は継続しているか」

もう一度、否定を込めて首が横に振られた。

ひとまずは安堵《あんど》したものの、アルノルトの次の問い掛けに、リーシェは青褪《あおざ》める。

「娘の方も同様か?」

少年は大きく頷いてくれた。

(よかった……)

アルノルトはすっと目を細め、立ち上がる。

とりあえずは、一秒を争うほどの緊急性はないと判断したのだろう。一杯の水が運ばれてきて、騎士が支えながらそれを飲ませる。

「っ、は……」

「声が出せるようになったのなら、状況を説明しろ」

「……ば、馬車が……」

なんとか紡がれたその声は、やはりリーシェの知る、レオという名の少年の声だ。

少年は泣きそうな顔をして、言葉を続ける。

「馬車の車輪が、急に外れて」

（え……）

「旦那さまが、お嬢さまを抱いて外に飛び降りたけど。馬車と馬は、谷を滑り落ちたし、旦那さまは腕を怪我《けが》して」

ミリアの声が、脳裏をよぎる。

『大神殿に行くのに、こんな子供っぽい馬車は嫌なの。それなのに、パパは分かってくれないわ』

『私はパパを呪えるのに。……私に呪われた人たちが、みんなみんな死んじゃうってことを、パパはまだ信じていないのだわ』

ミリアが駄々を捏ねたあと、彼女が嫌った馬車が滑落してしまった。そして、それを咎《とが》めた公爵が怪我をしたのだという。

まるで、ミリアが言った『呪い』が現実となったかのように。

（……これは一体、どういうことなの……？）

リーシェは無意識に、ドレスの裾を握り締めるのだった。

第二章

騎士だった六度目の人生で、リーシェが騎士団に加わったとき。

『レオ』と呼ばれた少年は、全身に治りかけの傷を抱えながら雑用係をこなしていた。

レオの言葉遣いには棘《とげ》があるが、基本的には無口でよく働く。けれどもいつも俯《うつむ》いていて、髪は伸ばしっぱなしだ。

数年一緒にいても、あまり打ち解けてはくれなかったレオの片目を、リーシェは一度だけ見せてもらったことがある。

傷口はひどく抉《えぐ》れていて、完全に塞がっていても痛々しい。どれだけの怪我《けが》だったか、一目瞭然だ。


いつだったかリーシェは、同室だった先輩騎士に、こんな質問をしたことがある。

『ヨエル先輩は、レオがこの騎士団に来た経緯を知ってますか？』

『んん……？』

二段ベッドの上段に陣取った先輩騎士は、いつも暇さえあれば眠っている。しかしこの日は起きていて、のそりと枕から顔を上げると、壁際の椅子に座ったリーシェを見下ろしてきた。

それから、男装して『ルーシャス』と名乗っているリーシェの愛称を呼ぶ。

『ルー。もしかしてお前、また面倒ごとに首を突っ込もうとしてる……？』

『そ、そういう訳ではないですけど。今日も雑務の仕事が終わったあと、訓練場の隅にひとりでぽつんと座って、訓練を見ていたようなので』

そう話すと、眠たげな目が更に細められた。

『ふうん……？　俺に勝てもしないのに、余所見《よそみ》をする余裕はあったわけだ。生意気』

『ヨエル先輩が、ベンチで居眠りしてなかなか起きて下さらなかったからじゃないですか！』

先輩騎士は、素知らぬ顔であくびをした後で寝返りを打った。けれども会話を打ち切るのではなく、もう少し付き合ってくれる気になったらしい。

『貿易船の船底で見つかったのを、たまたま通り掛かった陛下が拾ったそうだよ』

そんな風に、ぽつぽつと話し始めた。

『傷の化膿《かのう》による高熱で、うなされながら話したって。確か「前の雇い主のところで、ひどい失敗をした」とか、「その罰でひどい折檻《せっかん》を受けて、殺されると思って逃げてきた」とか……』

『たった十一歳の子供が、仕事の失敗でそんな罰を？』

『雇い人を人間扱いしない金持ちなんて、珍しくはないさ。お前だから話したけど、他言しちゃ駄目だよ。……それに、深入りはしないことだ』

先輩騎士はそう言って、再び上掛けを頭まで被《かぶ》る。

『時間を戻せでもしない限り、レオの負った傷は消えないんだから』

＊＊＊

大神殿の控室に、軽いノックの音が響いた。

「失礼いたします。アルノルト殿下、リーシェさま」

姿を見せたのは、アルノルトの従者であるオリヴァーだ。

オリヴァーは、長椅子に掛けたアルノルトの傍《そば》まで歩いてくると、軽く一礼してからこう述べた。

「ジョーナル閣下とお嬢さまは、お部屋に入って落ち着いていらっしゃるようです。それから、アルノルト殿下の馬車を貸し出したことについて、お礼の場を設けたいとのお申し出が」

「気遣いは一切不要だと伝えろ。それよりも、公爵と娘にその後変調はないのか」

「はい。お嬢さまが泣いていらしたのは、馬車の滑落に驚いたことが理由かと。それに、先ほどようやく泣き止《や》まれたご様子でしたよ」

オリヴァーの言葉を聞いたアルノルトが、長椅子の隣に座ったリーシェを見る。

「――だそうだぞ」

「ありがとう、ございます」

アルノルト本人が気にしていたというよりも、リーシェのために安否を確認してくれたらしい。体の強張《こわば》りを解いて、リーシェはほっと息を吐く。

（よかった……）

公爵の馬車が事故にあったと聞いて、アルノルトとリーシェはすぐに行動を起こしたのだった。

少年の案内で事故現場に向かって、道端で震えていた公爵とミリアを馬車に乗せた。リーシェは急いでふたりの診察をし、大きな負傷がないことを確かめたのである。

そのあいだ騎士たちが、滑落した馬車を調べてくれた。幸いなことに、馬にも致命傷となる怪我はなかったようだが、滑落中に木にぶつかった馬車は大破していたようだ。

ミリアはずっと泣いていて、リーシェにしがみついて離れなかった。

腕に軽い打撲を負った公爵は、困ったような顔をしながら娘をなだめ、こちらへの礼を繰り返した。それから、馬車の中で固まっていた少年を見て、「レオも、助けを呼んでくれてありがとう」と告げたのである。

そんな大騒ぎを経たあとで、リーシェたちは再び大神殿へと戻ってきたのだった。

（お嬢さまが、お部屋で安心できていると良いのだけれど……でも、考えるべきことはそれだけじゃない）

リーシェには、新しい懸念が生まれてしまった。

（ジョーナル公は、あの男の子を「レオ」と呼んでいたわ。あの子は私の知るレオで間違いない。だけど眼帯もしていないし、左目に傷はついていなかったということは……）

つまりいまは、レオが片目を失う出来事が起きる前なのだ。

（先輩は、『レオの傷は、前の雇い主にひどい折檻をされた所為《せい》』だと言っていた。レオが騎士団に来るのは、確かいまから三ヶ月後のことで……時期を考えると、『前の雇い主』はジョーナル公ということに、なってしまうのだけれど……）

リーシェはそっと視線を下げる。

（ジョーナル公が、使用人に暴力を振るったなんて話は聞いたことがない。新人がどんな失敗をしても、寛容に笑って下さる方だったもの。十一歳の子供を相手に、あんな大怪我をするほどの折檻をするなんて考えにくいわ）

けれど、とも思うのだ。

（私の知る使用人がひとりもいないのは、このあとに総入れ替えがあるということ。そんなことをするのには、何か理由があるはずだし……第一に、ミリアお嬢さまの『呪い』の話だって……）

嫌な考えが、じわりと滲《にじ》むように浮かんできた。

（たとえば、本当に呪いがあるとしたら？）

隣のアルノルトに気づかれないよう、俯いたまま考える。

（レオが大怪我をした原因が、ジョーナル公の折檻ではなくて、ジョーナル公が庇《かば》おうとした『誰か』によるものだとしたら。……それを隠すために、事情を知る使用人が全員解雇されていたら？　そして、ジョーナル公がそんな手段を使ってでも守りたい相手がいるのなら、それは――）

リーシェは、隣のアルノルトを見上げて言った。

「殿下。お礼はともかく、おふたりの元気なお顔を拝見したいです」

「……」

「それに、伝令役を果たしたあの男の子も。急いで馬を走らせた所為か、辛《つら》そうでしたし」

アルノルトは、面倒なのを隠さない表情でリーシェのことを見る。

けれどもやがて、小さく溜《た》め息《いき》をついた。

「オリヴァー。調整しておけ」

「かしこまりました。リーシェさま、殿下の説得をありがとうございます」

（いえ、これは本当に私個人の思惑です……）

そのうちに、再びノックの音がする。姿を見せたのは、若い神官の男性だった。

「アルノルト殿下。大司教の準備が整いましたので、こちらへ」

「……」

（露骨に嫌そうな顔をしていらっしゃる……！）

アルノルトとリーシェは、別々に司教との面会をすることになっている。

理由は単純明快で、ここに来た目的が異なるからだ。

アルノルトは教会に関わる公務のためであり、リーシェはディートリヒとの婚約破棄手続きのために大神殿を訪れた。アルノルトが話をするのは、教団の幹部である大司教だ。

それに対してリーシェの方は、一定の位を持つ司教であれば誰でも構わない。よって、このあとは別行動になる。

「あ、あの、アルノルト殿下。神官さまがお待ちですが……」

アルノルトは小さく舌打ちをした。そして、傍らのオリヴァーを見上げる。

「オリヴァー。お前はしばらくリーシェについていろ」

「仰せの通りに」

オリヴァーが、胸に手を当てて一礼した。アルノルトはそれでようやく立ち上がり、神官を伴って退室する。

扉が閉まると、控室にはリーシェとオリヴァーのふたりだけになった。

「……いやあ、本当に助かりますよ！」

オリヴァーは、爽やかな笑顔を浮かべて言う。

「リーシェさまのお陰で、我が君の聞き分けが大変によろしいです。いつもこうなら良いのですが」

（聞き分け……）

子供にするような物言いだが、彼はアルノルトに十年仕えているのだ。

つまり、アルノルトが九つのときからの従者ということになる。そのくらいの年齢から側仕《そばづか》えをしていれば、自然とそのような扱いになるのかもしれない。

「とはいえ、本当はリーシェさまのお力を借りずとも説得できなければならないのですがね。いやはや、自分の力不足でお恥ずかしい」

「そんなことはありませんよ。それに、アルノルト殿下がある程度の我《わ》が儘《まま》を仰《おっしゃ》るのは、オリヴァーさまに対してだけですから。それだけ信頼なさっている証拠だと思います」

これだけ気を許しているのなら、リーシェに求婚した理由くらいは話しておいてほしいものだ。

もちろん、オリヴァーがそれを聞いていたからといって、リーシェにそのまま教えてくれる保証はないのだが。

内心でそう思っていると、オリヴァーがくすっと柔らかく笑う。

「リーシェさまは、本当に我が君のことをよく見て下さっていますね」

（……あ）

オリヴァーのような微笑《ほほえ》み方を、リーシェは過去に知っていた。

騎士仲間たちが、主君である国王の話をするときに浮かべていた微笑みだ。忠誠と誇りと尊敬、そして同じくらいの親しみを抱いている表情なのだった。

（おふたりの主従関係は、強固なものなのだわ。オリヴァーさまからも、アルノルト殿下のお話を聞けるようになりたいのだけれど）

とはいえ、いきなり下手な質問をすれば、すぐにでもアルノルトに伝わってしまうだろう。リーシェはまず遠巻きに、間接的な問い掛けをしてみることにした。

「オリヴァーさまは、最初からアルノルト殿下と良好な主従関係を築けていたのですか？」

「ははは、まさか」

おかしそうな笑い声を上げたあと、オリヴァーは再び爽やかな笑顔で言い放つ。

「あの頃の我が君は、たったの齢《よわい》九つにして、ご自身の臣下を全員殺してしまった直後でしたから」

「……」

沈黙しているリーシェに構わず、オリヴァーはけろりと言い放つ。

「自分もあの頃は、負傷によって騎士の道が断たれて投げやりになっていましてね。家からも勘当同然でしたし、どこで死のうが構わないという心境だったもので、そんな暴挙を犯した我が君のお傍に上がったというわけです」

「……」

「おや。もしや、臣下殺しの一件はご存じない？」

リーシェがふるふると首を横に振ると、オリヴァーは「ふむ」と独りごちた。

「では、だいぶ城内に噂《うわさ》が回りにくくなっているようですね。もう少し広まるように工夫せねば」

「……」

そこに、本日三度目のノックが響く。

「リーシェさまのお呼び出しが来たようです、参りましょう。自分は聖堂に立ち入ることが出来ませんが、途中までお供いたしますよ」

「……ありがとう、ございます……」

リーシェはいささかげんなりしつつ、長椅子から立ち上がった。

（皇帝を殺した前例もあれば、母君を殺したというお話もあるし。どんな噂があろうとも、いまさら驚くつもりはないけれど――）

オリヴァーは、涼しい顔で神官の応対を始めている。そんな彼に気付かれないよう、リーシェは溜め息をついた。

（ミリアお嬢さまやレオのこと以上に、一番謎が多いのは、やっぱりアルノルト殿下だわ……）

色々と言いたいことを堪《こら》えつつ、オリヴァーに促されて椅子を立つ。

そして神官に先導されながら、神殿の東側にある聖堂に向かった。案内された重厚な扉は、こうしてみればなんとなく見覚えがあるものだ。

立ち止まったオリヴァーが、扉の横に控えて微笑む。

「自分がお供出来るのはここまでです。いってらっしゃいませ、リーシェさま」

「ありがとうございます、オリヴァーさま。それでは」

リーシェはこのあと聖堂に入り、女神像の前で婚約破棄の報告をしなければならない。

そのあとは、司教たちによって聖詩が読み上げられる。

それを黙って聞きながら、聖詩の言葉を心身に受け入れることで、婚約破棄という穢《けが》れから魂を清めるのだそうだ。それを、いまから一日中行うことになる。

通り掛かった神官たちが、小さな声で囁《ささや》き合うのが分かった。

「お可哀想《かわいそう》に。『婚約の儀』を破棄する儀式とあれば、何時間もの聖詩を聞き届ける必要があるのだろう？　たとえ敬虔《けいけん》な信徒であろうと、大変な苦痛に感じるはずだ」

「そのあいだに、許される休息はせいぜい一度だからな……」

話し声はほとんど聞こえないが、くちびるの動きでなんとなくは推測できる。

リーシェは聖堂に入りつつも、覚悟を決めてごくりと喉を鳴らした。

――そして、数時間が経《た》ったころ。

（…………た、たのしい……!!）

貸し切り状態の空間で、リーシェは感動に打ち震えていた。

美しい聖堂には、司教たちの声が響き渡る。彼らが読み上げるその詩は、聖典に書かれたものを翻訳した言葉だそうだ。

令嬢時代、何度もこれらの聖詩を耳にした。けれどもいまのリーシェには、いままでとまったく違ったものに聞こえてくる。

（まさか聖詩の第十二節が、クアルク諸島の伝承に繋《つな》がっていただなんて……！）

司教の声を聞きながら、リーシェはわくわくと胸を躍らせた。

（昔は聖詩のことを、美しい言葉で作り上げた芸術品だと思っていたけれど。大きな誤解で、これは神々を主役にした壮大な冒険譚《たん》なのだわ！）

それに気が付いたのは、第一節が始まって早々のことだった。

ただの令嬢であるリーシェには、到底気が付けなかった真実だ。けれども世界の各地を見て、さまざまなことを見聞きしたリーシェには、聖詩が言わんとしていることの意味がよく分かった。

（司教さまがいま読んだ『氷の息吹』は、きっとクアルクの冬の海岸を表したものね。とすると第九節の『大いなる流れ』、つまり海の話がもう一度出てくるんじゃないかしら!?　――やっぱり！『花すらも凍《い》てつき』という聖詩は、海面が凍って白い花畑に見える現象を指しているのね。あれはすっごく綺麗《きれい》だもの）

錬金術師だった人生で、先生だったミシェルと一緒にその現象を調べたことがある。

懐かしくなると共に、凍り付いた海の景色を思い出して、リーシェはきらきらと目を輝かせた。

「……『やがて雷鳴が、泡沫《うたかた》の大地を貫くであろう。黎明《れいめい》と……』」

（ひょっとしてこのあと、ソルネロ王のお話が重なるのかしら。ユーソネス姫の話も出てきたのだから、きっと触れるわよね。たのしみ……！）

「……………」

聖典に目を落としていた司教が、リーシェをちらりと見て困惑した顔をする。

十二節を読み終わると、彼はおもむろにこう切り出した。

「で、では。長くなってしまいましたが、ここで一度休憩にいたしましょう」

「まあ。もうこんなに時間が経っていたのですね」

もっと先を聞きたかったのだが、一度お預けになるようだ。

（私はもっと聞いていたいけれど、司教さまはお疲れでしょうし）

素直にがっかりした所為で、その落胆を顔に出してしまう。それを見た司教は、ますます困惑した顔をしたあと、そそくさと聖堂を後にした。

（陽《ひ》の傾き方からして、三時間くらい経ったのかしら）

ステンドグラスから差し込む光を見て、リーシェは立ち上がる。幼いころの記憶だが、こちらのドアからバルコニーに出ると、聖詩の原語が書かれた壁画があったはずだ。

バルコニーへのドアを開けると、夕暮れ間近の涼しい風が、ふわりと頬を撫《な》でた。

（これだわ。女神画と、原語の聖詩）

バルコニーの壁が、夕焼けの金色を帯びた光に照らし出されている。リーシェはそれを見上げると、彫り込まれている文字を目で追った。

（クルシェード文字もクルシェード語も、久し振りに見る。ええと、この一文は……『女神はその加護を、人の世に注いだ』）

壁画に書かれているのは、聖詩の一部分だったようだ。過去の記憶を駆使しながら、リーシェは少しずつ読んでいく。

（『目には見えず、耳には聞こえない女神の加護を、巫女姫《みこ》は人の世に広げる。慈愛を導き……』）

行きつ戻りつしながら読み進めていると、人の気配が近づいてくる。リーシェがそちらに目をやると、バルコニーにひとりの男が現れた。

その男は、金糸の刺繍《ししゅう》が施された司教服に身を包んでいる。先ほどまでリーシェに聖詩を読んでいた司教たちとは、階級の差があるようだ。

「リーシェ・イルムガルド・ヴェルツナー殿ですね」

司教はにこりと微笑んだ。

歳《とし》の頃は、三十代の半ばごろだろうか。身長は高いが痩身で、どこか無機質な印象を受ける顔立ちの男性だ。

「私は、クリストフ・ユストゥス・トラウゴット・シュナイダーと申します。大司教の補佐をしている身でして」

「シュナイダーさま。この度はこちらの都合で、急な儀式をお願いして申し訳ありません」

「いいえ。婚約の儀を交わしたお相手と結ばれなかったことは悲しいことではございますが、それもすべて女神の意向ですから」

続いてシュナイダーは、リーシェの見ていた壁画を見上げた。

「この壁画に書かれているのは、女神と巫女姫の伝承にまつわる聖詩なのです。不思議な文字でしょう？　クルシェード文字と言いまして。――文字も言語も難易度が高く、これを読むことが出来るのは一握りだと言われているのですよ」

「クルシェード語は、女神さまがお話しになる言語なのですよね。確かそのおかげで、我々とは言語体系が異なるのだと」

「博識でいらっしゃる。仰る通りで、恥ずかしながら私も習得に十年もの時間を要しました」

そして彼は、懐かしそうに目を細める。

「先代の巫女姫は、クルシェード語にとても長《た》けておりましてね。後にも先にも、彼女ほどの者はいないでしょう」

「先代の、と言いますと……」

「ええ。二十二年前、不慮の事故で命を落とした巫女姫です」

シュナイダーは寂しげに笑いながら、こう続けた。

「ご存じですか？　巫女姫は、女神の血を引くとも言われていましてね。だからこそ巫女姫に選ばれるのは、巫女の家系に生まれた女性のみとされています。先代には妹君もいらしたものの、妹君は巫女姫を務められないほどに体が弱く、十年前に亡くなられておりまして」

「……そう、なのですね」

「男子は数名生まれておりますから、尊き女神の血筋が絶えたわけではありませんがね。とはいえ、巫女姫を務めることが出来るのが姫君だけだというのに変わりはありません」

彼の話を聞きながら、リーシェは内心で不思議に思う。

（興味深いお話ではあるけれど、どうして私にこんな話を……？）

「失礼。世間話から入るつもりが、ついつい長くなってしまいました」

壁画を見上げていたシュナイダーは、苦笑してからこちらに向き直った。

そして、真摯な表情でリーシェに告げる。

「――アルノルト・ハインと結婚してはなりません」

思わぬ言葉に息を呑《の》んだ。

「それは、一体何故《なぜ》……」

尋ねようとしたものの、リーシェはすぐさま口を噤《つぐ》む。バルコニーに、もうひとりの人物が姿を見せたからだ。

「『教団の人間は、儀式に必要な場合を除き、妻に一切近寄ることのないように』と命じておいたはずだが？」

冷たい目をしたアルノルトが、シュナイダーを見据えた。

ぴりぴりと空気が張り詰めて、気温が一気に下がったように感じられる。シュナイダーはたじろぎながらも、咳払《せきばら》いをしてから口を開いた。

「か……感心いたしませんよ、アルノルト殿下」

平静を装おうとしているが、怯《おび》えがはっきりと見て取れる。

それでもシュナイダーは、アルノルトに意見することにしたようだ。

「ここにいらっしゃるリーシェ殿は、妻君でなく婚約者さまでしょう。婚姻の儀を結んでいないお相手を『妻』と呼ぶなど、女神はお許しになられません」

「だから何だと？」

こつりと硬い靴音が鳴って、シュナイダーはびくりと身を竦《すく》める。

アルノルトは一歩ずつ、ゆっくりと歩を進めながらも、視線でシュナイダーを射《い》竦《すく》めて離さない。

「そ……そもそもが、婚約の儀の破棄はまだ終わっておりません」

「……」

「つまりは女神にとって、リーシェ殿の婚約者はアルノルト殿下ではないのです。彼女は未《いま》だ、エルミティ国の王太子殿下の」

「『価値観の相違』という概念を、貴様が理解しているかどうかは知らないが。……俺が女神に跪《ひざまず》いて、許しを請うことは有り得ない」

アルノルトはリーシェの手を取って、自分の傍に引き寄せた。

あるいはシュナイダーから引き離したのかもしれない。そのままで、薄暗い光を宿した目をシュナイダーに向ける。

「――たとえ、貴様を殺して罪人になったとしてもな」

「っ‼」

一気に青褪《あおざ》めたシュナイダーが、ぐっと奥歯を噛《か》み締めたのが分かった。

彼は反論の言葉を失ったようで、弾《はじ》かれたようにバルコニーから出て行く。ばたばたと足音が遠ざかり、リーシェは困って眉根を寄せた。

（えーっと）

手を掴《つか》まれたまま、至近距離からそっと見上げる。

アルノルトは、肉食獣が縄張りの外を威圧するような目で、シュナイダーが去った方を静かに見据えていた。

（ご、ご機嫌斜めだわ……）

どうやらアルノルトは、教団の人間がリーシェに近寄らないよう釘《くぎ》を刺していたらしい。

そんなことは初耳だったけれど、理由を教えてくれるとは思えなかった。なので、代わりに別件を進言してみる。

「婚約者でしかない期間中は、私を『妻』とお呼びになるのは、やめた方が良いのでは」

リーシェも一応は気が付いていた。

今回に限ったことではない。アルノルトは時々、第三者の前で、まだ婚約者でしかないリーシェのことを『妻』と呼んでみせることがあるのだ。

（きっと、何か意図があってのことなのでしょうけれど）

たとえば『婚約者』と呼ぶよりも、『妻』の方が短くて楽だとか。

とはいえ結婚はまだなのだ。事実と異なる呼び方は、人によって違和感を覚えてしまうだろう。

しかしアルノルトは、悪びれる様子もなく言った。

「どうせ決定事項だろう」

「決定事項とは？」

「……お前が、俺の妻になることが」

「!!」

あまりにも普通に言い切られて、心臓がどきりと跳ねたのを感じる。

変な悲鳴が出そうになったので、アルノルトに掴まれていない方の手で自分の口を押さえた。すると、アルノルトが訝《いぶか》しげな目を向けてくる。

「なんだ」

「な、なんでも……」

もごもごと返事をしたものの、アルノルトはますます怪訝《けげん》そうだ。

リーシェは口元から手を離し、そっと彼に告げた。

「とはいえ、決定事項なんて言い切るのは危険では……。人生とは、何が起こるか分からないものですし」

「ほう？」

「たとえ婚約者同士であろうとも、将来的にどうなるかなんて誰にも断言できないでしょう？」

なにしろリーシェには、ディートリヒという前例がある。婚約の儀まで結んでおきながら、結果はアルノルトも知っての通りだ。

「婚約破棄に限ったことではなくて。たとえば……アルノルト殿下との婚姻の儀を前にして、私が死ぬかもしれませんし」

片手でリーシェの手首を掴んでいたアルノルトが、もう片方の手を使ってリーシェの顎《おとがい》を掴んだからだ。

けれどもそれは阻まれる。

そんなことを思いながら、リーシェは「ね？」と首をかしげようとした。

（アルノルト殿下には言えないけど、私は今までに何回も死んでいる身なのだし）

「……」


（え）

強引な力で、それでもやさしく上を向かされる。

夕焼け色をした逆光の中、間近に見上げたアルノルトは、わずかに目を伏せてリーシェに命じた。

「――それは許さない」

「!!」

キスでも出来そうな体勢で囁かれ、息を呑む。

アルノルトが、命令調でリーシェに何かを告げることはとても少ない。

（とはいえ、私のこれまでの死因は全部、他ならぬ殿下なのですが!?）

抗議は口に出せなかった。

そもそもが、今ここにいるアルノルトに言っても仕方がないことだ。だが、こちらの内心を知るよしもないアルノルトが、もっと近くでリーシェの顔を覗《のぞ》き込んだ。

「返事は？」

「っ」

少し掠《かす》れたその声が、妙に甘ったるいような気がする。

叱られているような雰囲気なのに、あやされてもいるかのようだ。宝石にも等しい青色の目で見下ろされ、言葉に詰まる。

「『分かった』と。お前がそう頷《うなず》かなければ、以前のような無体をするが」

「う……」

アルノルトが、リーシェのくちびるの輪郭を、親指の腹でするりと撫でた。

ぎりぎりでくちびるには触れていないものの、警告めいた触れ方だ。背筋に妙なくすぐったさが生まれ、ぞわぞわと弱く痺《しび》れる。

「……っ」

彼が『以前』と言ったのは、彼にいきなりキスをされたときのことだろう。

触れ方は柔らかいのに、アルノルトの目はどこか冷たい。けれど、リーシェは彼の瞳を見返して、どうにか反論を振り絞った。

「また、意地悪なふりをなさっているでしょう……！」

「……」

確かに以前、無体なやり方でキスをされた。

その意味と真意は謎だけれど、あのときよりも沢山のことを知っている。

たとえば、アルノルトは何かの秘密を隠すとき、さも悪人のように振る舞うことがあるのだ。

「そ、それくらいは私にも分かります。アルノルト殿下は、無暗《むやみ》やたらとご無体を働かれるお人ではありません……！」

「……それは、どうだろうな」

「え」

目を丸くしたその瞬間、アルノルトに腰を引き寄せられた。

暗い瞳がリーシェを見下ろす。彼の手に輪郭を捕らえられているせいで、視線を逸《そ》らすことすら出来ない。

その状態で、アルノルトが覆い被さるように身を屈《かが》めた。

「……!!」

先日のキスが脳裏を過《よ》ぎり、リーシェはぎゅうっと目を閉じる。

それと同時に、近づいてきたくちびるが、リーシェのくちびるに重なる寸前で止められたのがはっきりと分かった。

「――……」

お互いのくちびるは、ぎりぎりのところで触れてはいない。

けれど、それは本当に近しくて、空気越しにくちびるの温度が滲んできそうなほどの距離だった。アルノルトかリーシェの、どちらかが少しでも身じろぎをすれば、きっと二度目のキスが交わされてしまうだろう。

「〜〜〜……っ」

きつく両目を瞑《つぶ》った所為で、リーシェの睫毛《まつげ》はふるふると震えた。

アルノルトの瞬きが伝わって、彼が目を閉じていないことが分かる。アルノルトは、恐らくリーシェの顔を見つめ、やがてゆっくりと身を離した。

「っ、ぷは……っ」

解放されて息を吐きだす。自分でも意識しないうちに、呼吸を止めていたらしい。

（ほ、本当にキスをされてしまうかと……）

そんなはずはないのだが、いかんせん心臓に悪すぎる。熱く火照った頬を両手で押さえ、落ち着くために深呼吸をした。

アルノルトは眉根を寄せたあと、大きな溜め息をついてから言う。

「……とにかく、教団に指図される筋合いはない。従う気はないから、そのつもりでいろ」

「は、はい……」

心臓が早鐘を刻んでいる。それを手のひらで押さえながら、リーシェはなんとか返事をした。

アルノルトはもう一度溜め息をついたあと、こんなことを尋ねてくる。

「先ほどの司教は、何故お前に近付いた？」

（あなたと結婚しないように、忠告されました……）

そのことは口にしないまま、リーシェは傍らの壁画を見上げた。

「ここに書かれた聖詩を読んでいたら、内容を解説に来て下さったのです」

ありのままを伝えはしないものの、嘘《うそ》はついていない。アルノルトはリーシェを見て、興味深そうな目を向けてくる。

「この文字が読めるのか」

「勉強していましたが、あるとき中断してしまいまして。自信がないところもたくさんあります」

「……どの個所《かしょ》だ」

そんな風に言われ、リーシェは瞬きをした。

だが、アルノルトが答えを待っているようなので、壁画の一部を指さしてみる。

「あそこの文章です。二番目の単語を普通に読むと『春』ですが、ほかにも読み方があるのではないかと思いまして」

「……」

壁画を見上げたアルノルトは、そのまま事も無げにこう言った。

「あれは、『花』と読むんだ」

「！」

心底驚いて、彼のことを見る。

アルノルトは興味のなさそうな目で、けれども当たり前の文字を読むかのように、淀《よど》みなくリーシェに告げていった。

「あの単語で最もよく知られた読み方は『開く』であり、続いてお前の言う『春』がある。とはいえあまり使われない、三つ目の読み方が存在していて、それが春に開くものを表す『花』だ」

「で……では、そこが時名詞の『春』ではなくて名詞の『花』に変わる場合、前後の単語も読み方が変化しますか？」

「そうなるな。あの一文を繋げて読むと、『花色の髪の少女』になる」

「わ……」

　アルノルトの言う通りだ。

　他の文章との兼ね合いからも、彼の訳した言葉で間違いないだろう。その見事さに感動するが、信じられない気持ちも湧き上がる。

「もしや、殿下はクルシェード語がすべて読めるのですか？」

「ここに書かれている程度はな」

「程度って、聖詩の原文ですよ!?　聖詩の言い回しは解読が難しくて、専門の研究者もいるくらいなのに……!!」

　大司教の補佐になるほどの司教でも、十年かけてようやく習得したと話していた言語だ。

　リーシェがクルシェード語を読めるのは、とある経緯から学ぶ機会があっただけである。それでも網羅しきれなかったような知識を、どうしてアルノルトが持っているのだろう。

「で、ではあそこの文章は？　直訳すると『少女の導きで四季は巡る』ですが、それだとどうにも違和感があって」

「どちらかといえば、『少女の導きで四季は繰り返す』の方が近い。恐らくは、巫女姫が行う祭典を指したものだろう」

「……あれも分かります？」

「『歌う』と書いてある」

淡々と紡がれる答えに、リーシェはいっそ困惑した。

（お顔が綺麗で剣が強くて、国政と戦略に優れていて教養もあるというのは、いくらなんでも弱点がなさすぎるのでは……？）

クルシェード語は、一般教養どころか専門知識だ。教団の司教ですら、自国の文字で書かれた聖典を使うのが標準だというのに。

（そういえば、『ガルクハインの現皇帝が敬虔な信徒であり、そのために大神殿のあるドマナ国を侵略しなかった』という噂があったけれど。たとえばこれが真実で、アルノルト殿下に専門の教育を……。それで殿下はクルシェード教団がお嫌いとか……）

もやもやと考えていると、バルコニーに涼やかな風が吹いた。

ふわりと髪が煽《あお》られて、リーシェは反射的に右手で押さえる。そのあとで、自身の髪を見てはっとした。

「アルノルト殿下」

「なんだ」

「……私は、巫女姫の血筋ではありませんよ？」

そう告げると、アルノルトが眉根を寄せる。

「なんだそれは」

「先ほど殿下に教えていただいた、『花色の髪の少女』という文章。『花色の髪の少女は女神の血を引き、巫女姫として人を導く』と続きますよね？」

「そうだな」

「つまり、巫女姫の資格がある女性は、『花の色をした髪』ということになりますが……」

リーシェは、緩やかなウェーブを描く自分の髪を見下ろした。

この髪は、黄みを帯びたピンク色をしている。例えるものとして近いのは珊瑚《さんご》の色だが、花の色に見えないこともないだろう。

「私の髪色は、赤髪の母と金髪の父からそれぞれ受け継いだものでして。あまり見掛けない色かもしれませんが、さほど曰《いわ》くがあるわけでもなく」

「……」

「両親の血筋を遡っても、父方の先祖がエルミティ王家に名を連ねているくらいです。ですので、女神の血を引いていることは考えにくいかと」

だんだん申し訳ない気持ちになってきて、リーシェは思わず眉を下げた。すると、顰《しか》めっ面《つら》のアルノルトが尋ねてくる。

「お前は何の話をしているんだ？」

「アルノルト殿下が私に求婚なさった理由が。ひょっとして、私が巫女姫の資格を持つ、最後の生き残りだと思ってらっしゃるのかと」

先ほど司教のシュナイダーが、『巫女姫の資格を持つ女性は、全員亡くなってしまった』と話していた。

「巫女姫の血を引く女性が生きていて、どこかで隠されて育っていたら、その女性を娶《めと》ることはガルクハインにとっての大きな力になりますよね？」

「……」

「でも、私は巫女姫とは完全に無関係です。ですので殿下に誤解させて、その上で求婚させてしまっていたのだとしたら、ごめんなさい……」

「……」

「……な、なんですかそのお顔は？」

アルノルトはじとりと目を細め、呆《あき》れきった顔でリーシェを見ていた。

理由が分からなくてたじろぐと、アルノルトは本日何度目かの溜め息をついてから、口を開く。

「カイルが先日、お前を女神に喩《たと》えていたのを覚えているか」

そんな風に言われて思い出す。確か、この人生でカイルと初めて対面したときに、『まるで麗しき女神のようだ』と言われたのだ。

ココル国特有の社交辞令であり、リーシェはほとんど聞いていなかった。だが、こうして振り返ってみれば、アルノルトがとても不機嫌そうな顔をしていたことに思い当たる。

（あ!!　ひょっとして、あのときアルノルト殿下が怖い顔をなさっていたのは、『女神』という単語が出てきたから？）

何故あんなにカイルを睨《にら》むのかと思っていたが、これでようやく腑《ふ》に落ちた。それと同時に、アルノルトの教団嫌いの根深さを知る。

リーシェがひとりで納得していると、アルノルトは静かにこちらを見下ろした。

「巫女姫の血筋はおろか、たとえ本物の女神が顕現しようが、そんなものに興味はない」

彼の言葉に、リーシェはひとつ瞬きをする。

アルノルトが真摯な目をすると、そのかんばせは神秘的な美しさを増すのだった。彼はリーシェを見つめたまま、はっきりと告げる。

「俺が跪く相手は、世界でただひとりだけだ」

「――……」

ガルクハインの求婚は、男性が女性に跪き、手の甲に口付けを落とすのだ。

「っ!!」

以前、アルノルトにそうされたときのことを思い出し、一気に頬が火照るのを感じる。

リーシェが慌てたのを見届けて、アルノルトがふっと片笑んだ。大きな手がこちらに伸びてきて、くしゃっとリーシェの頭を撫でる。

「機嫌が直った。公務に戻る」

(か、からかわれてる……!!)

抗議の声を上げたかったけれど、すぐには言葉が出てこなかった。結果として、弱々しい声で「いってらっしゃいませ」と言うしかなく、それを悔しく感じてしまう。

アルノルトの背中を見送ったあと、リーシェはふうっと息を吐き出す。頬の火照りを覚ますため、幾度か深呼吸を繰り返していると、今度はバルコニーに修道士がやってきた。

「リーシェさま、大変申し訳ございません。休憩のために儀式を中断しておりましたが、再開までにもう少々時間がかかりそうでして」

申し訳なさそうな修道士の顔を見て、リーシェは首をかしげる。

「そんなことでしたらお気になさらず。ですが、何かあったのですか？」

「そ、それが」

修道士は眉を下げ、困り切った声音でこう言った。

「……巫女姫代理のお嬢さまが、お部屋に立て籠もってしまわれたと……」

「……」

＊＊＊

儀式のための聖堂を離れたリーシェは、ひとりで中庭を歩いていた。

『ミリアさまはどうやら、我々が祭典のために準備した衣装がお気に召さなかったようで』

先ほどの修道士は、肩を落としながらこう話したのだ。

『現在、当教会でミリアさまと面識のある司教が、ジョーナル公爵と一緒に扉の前で説得をしているのです。明日の朝までに衣装の調整をしませんと、祭典に間に合わず』

そのため、ミリアの部屋の前は大騒ぎになっているのだという。

リーシェの儀式を担当していた司教は、ミリアと面識があるうちのひとりだったため、説得に加わっているそうだ。

リーシェは儀式の延期を申し出たあと、ミリアが閉じこもっているという部屋の場所を尋ねた。

ただし、公爵たちが集まっているという廊下の方には向かわずに、客室棟の裏手に続く中庭を歩いている。とある思惑があってのことだが、途中で思わぬものを見つけた。

(小さな足跡が、ひとつだけ残っているわ)

足跡のつまさきは、大神殿の外側をぐるりと囲む森に続いている。足跡の主は、どうやらそちらに向かったようだ。

(……ここに到着した後、『大神殿を囲む森は、聖域のために立ち入りが禁じられている』と説明を受けたけれど……)

注視してみたところ、形からして男の子用の靴らしい。ひとまずその足跡を素通りしたリーシェは、到着した客室棟を見上げてみる。

ちょうどそのとき、三階の一番東にある窓際から、聞き慣れた声が響き渡った。

「私は!! ピンク色のドレスしか、祭典で着ないの――――っ!!」

「……」

中庭の木々に止まった鳥が、驚いて一斉に飛び去る。続いて聞こえてきたのは、公爵の声だ。

「ミリア!! 何度言ったら分かるんだ、聞き分けなさい!!」

(よかった。おふたりともお元気そうだわ)

父と娘の言い争いに、ひとまずは胸を撫で下ろす。

大きな怪我がなかったとはいえ、馬車の滑落があった後だ。精神的な消耗を心配していたが、声の張りを聞く限りは問題なさそうだった。

窓は開け放たれており、カーテンも閉ざされていない。リーシェのいる位置からは、扉を睨みつけるように立っているミリアの後ろ姿が見える。

（扉の向こうには、本当に大勢が詰めかけているみたいね。これだとミリアお嬢さまは、ますます頑《かたく》なになってしまうわ）

リーシェは辺りを見回して、誰も人の気配がないことを確かめた。そして、中庭に立ち並ぶ木のうち、ミリアの部屋に近い一本を見上げる。

ドレスの裾をするりと捲《まく》ると、太ももに取り付けていた短剣が露《あらわ》になった。

その短剣は素通りして、固定するためのベルトに指を伸ばす。このベルトの留め具には、先端に鉤《かぎ》のついた細いロープが束ねられ、結ばれているのだ。

（――さて）

見上げた窓からは、依然としてミリアの声が響いていた。

「どうして分かってくれないの!?　さっきの馬車だって、私の不思議な力でああなったのよ!!」

「馬鹿なことを言うんじゃない。あれは車輪の故障であり、事故なんだ！」

「違うもの、私の力の所為だもの!!　だから私のお願いを聞いてくれないと、また大変なことになるんだから！」

「ミリア……」

「もう、全員早く扉の前からいなくなって!! じゃないとまた……っ」

ミリアの声がぴたりと止まった。

何かの気配を感じたのか、窓の方を振り返った彼女は硬直する。

「ふえ……っ、え、えええ……っ!?」

「――こんにちは、ミリアさま」

窓枠から室内へと降り立ったリーシェは、ミリアに向かってにこりと微笑んだ。

乱れたドレスの裾を直し、鉤つきロープを手の中に手繰る。髪に絡まった葉っぱに気付き、手で梳《す》きながら取り払った。

「ミリア? ミリア、どうしたんだ?」

「な、なんでもないわ!!」

公爵の呼びかけに、ミリアは慌てて返事をした。それからリーシェを振り返ると、動揺を隠しきれない小声で問い掛けてくる。

「あっ、あなた、どうしてここに!? 三階なのに、どうやって窓から……!」

「それは秘密です。ほかの皆さまにも、私が来たことは内緒にしていてくださいね?」

くちびるの前に指を立てつつ、リーシェは微笑みを深くした。

ミリアは目をまんまるくして、それから神妙な顔つきになる。

「やっぱりあなたも、私と同じで不思議な力を持っているのね」

(そうではないですが、お嬢さまが真似《まね》をなさると危ないので……)

内情はそっと伏せつつも、リーシェはミリアの前にしゃがみ込む。

「ミリアさま。祭典のドレスについて、どのようなご不満があるのですか？　あちらに掛けてある白のドレスだって、とってもお可愛《かわい》らしいのに」

ミリアは一度俯いたものの、やがてぽつりと言葉を紡いだ。

「私のママは、亡くなっているの」

小さくて細いミリアの指が、ふわふわした菫《すみれ》色の髪を摘《つま》み、毛先を弄《いじ》り始める。

「『ミリアは我が家のお姫さまだから、お姫さまみたいなピンク色のドレスがよく似合う』って言ってくれていたわ。だから私、巫女姫さまの代理をするなら、ママが似合うって言ってくれたピンクのドレスが良い」

その説明を聞いて、リーシェはそっと目を伏せる。

（お嬢さまは、嘘をついていらっしゃる）

指先に髪の毛を巻きつけるのは、ミリアが嘘をつくときの癖だ。

とはいえ、亡くなったミリアの母親が、愛娘《まなむすめ》にピンク色のドレスをたくさん着せていたのは事実だとも知っていた。

（ピンク色のドレスを着たいのは、きっと本当。だけど、それを我が儘の理由として挙げていらっしゃるのは嘘。そうだとしたら、その嘘は一体なんのため？）

考えつつも、リーシェは口を開く。

「それではミリアさま。この白いドレスを、後ほどピンク色に変えてしまいましょうか」

「え!?」

予想外の提案だったのか、蜂蜜色の瞳が大きく見開かれた。

「ま、魔法？　やっぱり魔法なの？」

「魔法ではありません。けれども染料を用意して、好きな色に染めてしまうのです」

「染める……」

「見たところ、濡《ぬ》れても縮まない布のようですし。仕立ての最終調整だけ終わらせたら、出来上がったドレスを自分の手でアレンジすることが出来るでしょう？　白いドレスをピンクに変えて、たとえばお花の飾りをつけて」

「……!!」

きらきらと目を輝かせるミリアは、可愛くて仕方がない。リーシェは頬を緩めつつ、彼女に説いた。

「とっても楽しい作業ですが、同時に時間が掛かることでもあります。今日のうちに調整を終わらせてしまわないと、祭典に間に合わせることは難しいかと」

「や、やるわ！　いますぐに！　……あっ」

思わず返事をしてしまったらしいミリアが、慌てたように自分の両手で口を塞ぐ。リーシェはくすくす笑いつつも、そっと立ち上がった。

「それではどうか扉を開けて、お父君にお顔を見せてあげてください。……その前に、少しの間目を瞑っていただけると」

「？」

ミリアが両目を閉じるのを待ち、リーシェは窓辺に歩み寄る。

ここから下に『降りる』のは、登ってくるよりもずっと早くて簡単だ。しばらくして、中庭の地面に到着したリーシェは、自分が出てきた窓へと声を投げた。

「もう、目を開けてもいいですよ！」

「う、嘘……！！」

ミリアが窓からこちらを見下ろす。リーシェは再び人差し指を立て、自分のくちびるに当てた。

こくこくと頷くかつての主を眺め、丁寧に一礼をしてから、来た道を引き返して歩き出す。

（お嬢さまのことや、アルノルト殿下のことを調べるのはもちろんだけれど。『もうひとり』のことについても、今世で捨て置けない）

辺りの気配を探ったリーシェは、木々の影からそっと森の方へ歩みを向けた。

（前の人生でここに来たときも、森は『聖地』だと説明されたわ。だけどそのとき、立ち入り禁止だなんて話は出ていないはず）

薄く残された足跡は、小さな子供のものだった。

靴の形が少年用なので、これはミリアの足跡ではない。そして痕跡を調べれば、数時間以内についたばかりの新しいものだと分かる。

（これだけなら、それほど重要視する事柄ではないかもしれないけれど……立ち入り禁止の森に、気掛かりな人物が出入りしているのだとしたら、無視することは出来ないわよね）

これまでさくさくと歩いていたリーシェだが、森の入り口に差し掛かる前に、自分の足音を消すことにした。慎重に気配を殺し、物音を立てないままに歩を進める。

そうすると、夕暮れの森に人の気配があった。小さな足音が、リーシェの方に近づいてくる。

「こんにちは、レオ」

「うわっ!?」

声をかけると、レオは短い悲鳴を上げた。あどけない目を見開いて、リーシェのことを見つめる。

「あんた、ガルクハインの皇太子とさっき一緒にいた……」

(声を掛けただけでこんなに驚かれるのは、これで今日二回目ね)

そんなことを思いながら、リーシェはレオに微笑みを向ける。レオは、警戒心に満ちた目でリーシェのことを見据えた。

「この先の森は、立ち入り禁止ですよ」

「知っているわ。そして、そこにあなたが出入りしていることも」

「誤解です。俺はただ、旦那さまの部屋に飾る花を探してて、ここで引き返そうとしただけだ」

十一歳という年齢に似合わず、レオの物言いは素っ気ない。

けれど、騎士人生で出会った傷だらけの彼よりは柔らかかった。そんなレオの小さな頭を見下ろしながら、リーシェは告げる。

「あなたのズボンの裾に、ザオット苔《ごけ》の切れ端がついているでしょう?」

「!」

「その苔は、陽の当たらない場所にしか生息しないものだわ。たとえば、森の中とか」

レオがぐっと眉根を寄せた。そのあとで、面倒臭そうに顔を背ける。

「説教をするつもりですか。それとも、俺を教団に突き出す？」

「そんなことはしないけれど、私を案内してほしいの」

「……案内って、どこへ」

「それは当然」

リーシェはにっこり笑いながら、レオが歩いてきた方向へと指を差す。

「立ち入り禁止の、あの森に」

「な……っ」

レオは思いっきり顰めっ面をして、一歩後ずさった。

「あんた、大人の癖になに考えてるんだ？」

まるで人に懐かない野良猫のようだ。いまにも唸《うな》り声《ごえ》をあげそうな雰囲気で、上目遣いにリーシェを睨んでくる。

「ガルクハインの皇太子妃が、教団の禁忌を破って良いのかよ」

「私が立ち入り禁止の森に入ったことを知るのは、同じくその森に入った人だけだもの」

「っ、それは」

「私は悪い大人だから、苔がついているのを指摘されたってしらを切るわ」

微笑みのままそう告げると、レオは悔しそうに舌打ちした。

「……案内したら、俺がこの森に入ったことを黙っていてくれますか」

「案内してくれなくても、秘密にしておくから安心して」

そう告げると、レオの目が丸くなる。

「けれど、連れて行ってくれると嬉《うれ》しいわ。もうすぐ日没だし、遅くなる前に帰らないと、旦那さまになる方に叱られてしまうから」

レオはむすっとくちびるを曲げたあと、踵《きびす》を返して歩き始めた。「ありがとう」とお礼を言って、リーシェは彼の後をついていく。

（騎士人生で出会ったレオだったら、絶対に案内してくれなかったわね……）

恐らくは一言も発さないまま、綺麗に無視されて終わりだっただろう。

それなりに言葉を交わすようになった時期だとしても、『どうして俺があんたに付き合わなきゃいけないんだ。消えろ』だとか、『第一部隊が起こす騒動に巻き込むな』だとか、そんな言葉を返されていたはずだ。

（森歩きは久しぶりだわ。念のため歩幅を一定にして、歩数を数えながら歩かないと）

こうすることで、出発地点からの大まかな距離を図ることが出来る。目印のない森や山の中を歩くときは、自分の居場所を把握することが大切だ。

レオとリーシェの歩く速度は、どうやらほとんど同じだった。リーシェは指を折って自分の歩数を数えつつ、レオの背中に話しかけてみる。

「あなたの名前は、さっきジョーナル閣下からお聞きしたの。私はリーシェよ、よろしくね」

「……」

「空き時間が出来たから、大神殿の周りを散策したくて。あなたが通り掛かってくれてよかったわ！」

「……」

「でも、こんなところで何をしていたの？」

「ミリアお嬢さまが、騒動を起こしていたようなので」

ようやく口を開いたレオは、素っ気ない態度でこう続ける。

「誰も探しにこない場所でサボってました。近付いて、厄介ごとに巻き込まれるのは御免だ」

（これ、騎士人生で何度もレオに言われた台詞《せりふ》だわ……）

やはりこの少年は、リーシェが知るレオと同一人物なのだ。

苦笑しつつも、ふと新たな疑問が湧いた。

「それにしても、レオは大神殿への立ち入りを許可されているのね。もうすぐ祭典の時期だから、最低限の人数しか神殿に立ち入れないと聞いていたのだけれど」

「旦那さまが気を遣って下さっただけです」

「どういうこと？」

「俺は、この近くの孤児院で育ちましたから」

それは初めて聞く話だ。

（公爵閣下は、レオの里帰りも兼ねて、大神殿に同行させたということかしら）

いまの時期、大神殿に使用人を連れて行くには、かなり込み入った手続きが必要だと聞いている。本来ならば、いまは巫女姫が滞在しているはずであり、出入りする人間の身元証明が徹底的に求められるそうだ。

リーシェは侍女たちをガルクハインに残してきたし、アルノルトも従者のオリヴァーだけを同行させている。道中に護衛をしてくれた騎士たちは、大神殿に近い町で待機していた。

(色々と、気になることはあるけれど)

リーシェは辺りを見回した。

「……」

夕焼けの赤色に染まった光が、森の中を照らしている。

背の低い雑草が生い茂り、そのおかげで獣道がはっきりと見えた。そこから少し外れた場所の木に、小さな傷がついている。

掻《か》き分けられた雑草の跡や、木に絡まった動物の毛。そういったものを眺めながら、リーシェは考えを巡らせた。

「ここから先は、俺の足跡を踏みながら歩いてください」

「あら、どうして?」

「雑草の中に毒蛇の巣があるかもしれないので。あんたが蛇に噛まれでもしたら、騒ぎになって森に入ったのがバレる」

「ありがとう。でも、心配には及ばないわ」

立ち止まり、小さな背中に微笑んで告げた。

「――ここまで来れば、ひとりで大丈夫だもの」

「は？」

レオがすぐさま振り返る。その目は見開かれていて、得体の知れない生き物を見るかのようだ。

「案内をしてくれてありがとう。あとは私だけで進むから、レオは先に神殿へ戻っていて」

横髪を耳に掛けながらそう告げると、レオの警戒心が強まるのが分かった。

「あんた、本当に何を考えてる？」

「そんな顔をされるようなことは何も。ただ、これ以上付き合ってもらうのも悪いでしょう？」

「俺も残ります」

思わぬ言葉に、リーシェは瞬きをする。

「もうすぐ完全に陽が沈むし、森の中でひとり残るのは危険なので。あんたに万が一のことがあったら、俺が疑われて罰を受ける」

リーシェの脳裏に、眼帯をしたレオの姿が過ぎった。

「あなたのご主人さまは、そんな人には見えないけれど」

「とにかく俺も残ります。なにかこの森で見たいものがあるなら、さっさとしてください」

「いいの？　では、そうさせてもらうわね」

「あっ！」

リーシェが一歩踏み出すと、レオが慌てたように声を上げた。

彼が驚いたのは、リーシェがレオの足跡を外れ、森の中をどんどん進み始めたからだろう。

「待て！　だから、下手に歩くと毒蛇の巣があって危ないって言ってるでしょう！」

「この大陸に生息する蛇は、毒があっても臆病なの。人を見付けたら逃げていくし、話し声が聞こえている中で巣穴から頭を出すこともないわ」

「たとえそうでも、万が一ってことがあるだろ!?」

「いいえ。どちらかというと、蛇よりも危ないのは……」

幹に傷のついた大木の前で、ぴたりと立ち止まった。

追いかけて来たレオも、すぐ後ろで足を止める。リーシェは落ちていた枝を拾うと、その枝で雑草を掻き分けるようにして、傷のある木の周りを調べ始めた。

そして、想像していた通りのものを見つける。

「やっぱり」

落ち葉と雑草で隠された地面の上には、金属製の罠《わな》が仕込まれていた。

半月型をした金属板が二枚重なり、その内側にぎざぎざと尖《とが》った牙のついた形状だ。獲物が罠に掛かったら、その足へ嚙み付くような形になるのだろう。

「あんた、ここに罠が仕掛けられているって、どうして分かったんだ？」

「木の幹に目印がついていたわ。こういうときは、罠の場所が分からなくならないよう、人間だけに分かる印がついているものなの」

屈み込み、罠の状態を観察する。金属製の獰猛《どうもう》な牙は、その表面が虹色に光っていた。

ハンカチを取り出して、罠を作動させないように注意しながら表面を拭う。そしてまず、鼻を近づけてみた。

（……鉄臭い。それに、表面に塗られているこの液体……）

立ち上がり、もうひとつ手近にあった木の幹に近付く。

こちらの罠が何なのかは、調べてみるまでもなかった。限界まで腕を伸ばし、手にした枝で地面をぐっと押すと、手応えのあとにばさりと音を立てて地面が消える。

「落とし穴が……」

「危ないから、レオは離れていてね」

そう言いながら、先ほどハンカチと一緒に取り出したロープを手にした。

ロープの片端を真上に放り、その先端に結ばれた鉤を木に引っ掛ける。強く引き、安定性を確かめたあとで、そのロープを片手で掴んだまま落とし穴を覗き込んだ。

（直径は一メートルほどの穴だけど、深さは……これも一メートルくらいね。底の方に逆茂木《さかもぎ》が仕掛けてあるけれど）

落ち葉の中からは、尖った金属の杭《くい》が覗いている。リーシェはロープを支えにしつつ、穴の底まで手を伸ばして、杭の先をハンカチでごしごしと拭った。

（こっちの罠も同じ。金属の臭いが強いのに、それに負けないほど香りのきつい薬だわ。この香りは、何度か嗅いだことがある……）

確信が、ぽつりと口をついて出る。

「毒が塗られているわ」

　すると、レオが顔を顰めた。

「それって獲物を仕留めるための？　立ち入り禁止の森なのに、どうして猟師が使うような罠なんか」

「立ち入り禁止の森だからこそ、誰かがそれを逆手に取って、罠を仕掛けに出入りしているのかもしれないわね」

「……そしてあんたはなんで、せっせと針山をハンカチで拭ってるんですか」

「この辺りの狩人《かりゅうど》が使っている毒に興味があるの。サンプルは見つけた時に採取しておかないと、後回しにしたら大変だから」

　きちんと理由を説明したのに、レオはますます難しい顔になる。

「どうかした？」

　リーシェが首をかしげると、彼は重たげな口をゆっくりと開いた。

「俺、聞いたことがあります。王族や貴族の中には、暗殺から逃れるために、自分とよく似た身代わりを立てている人がいるんだって」

「あまり知られていないけれど、確かにそういう国もあるわね。それがどうかしたの？」

「あんたに身代わりは向いてない」

「え」

　レオはリーシェのことを見上げたあと、大真面目な顔でこう言う。

「別の仕事を探した方がいい。――おかしな言動で、皇太子妃の偽物だってすぐバレるから」

「…………」

レオからの親切な助言に対し、リーシェはとても返答に困り、しばらくのあいだ頭を悩ませることになるのだった。

＊＊＊

『リーシェが皇太子妃の身代わりである』というレオの誤解は、解かないままにしておいた。

彼の目は確信に満ちており、リーシェがいくら弁解しても信じてもらえそうになかったからだ。

神殿に戻ったリーシェは、ひとりの食堂で小さく息をついた。そして先ほどの、レオとのやりとりを思い出す。

『あの……ええと、私は身代わりではなくて』

迷いながら口を開いたリーシェに対し、レオは大真面目にこう言った。

『身代わりは皆そう言うんだ。多分だけど』

『そうかもしれないけれど！　そもそも皇太子殿下ならともかく、その婚約者や妃《きさき》にわざわざ身代わりは立てないというか』

『心配しなくていい。あんたは、俺が森に入ったことを「誰にも言わない」って言っただろ？』

レオはまっすぐにリーシェの目を見て、真摯な表情をする。

『だから、俺も約束する。あんたが偽物だってことは誰にも言わない』

『……』

こうして妙に頼りがいのあることを約束されては、曖昧なお礼を言っておくしかない。

（まあ、特に訂正する理由もないものね……。それにしてもレオは、基本的にはつっけんどんなのに、妙に面倒見がいいというか）

そんな風に思いながら、ナイフとフォークを動かした。

ひとりで使うには広い食堂だが、アルノルトはなかなか現れない。どうやら夕刻にミリアが起こした騒動によって、公務に遅れが生じたようだ。

やがてリーシェが食事を終え、食後のお茶を飲んでいると、オリヴァーがやって来てこう言った。

「我が君を夕食にお連れできず、申し訳ございません。……そしてリーシェさま。教団とジョーナル公爵閣下から、とある嘆願が来ておりまして」

「もしや、ミリアさまのことで？」

「ええ。薄々お察しかもしれませんが、『祭典の準備にリーシェさまのお力が借りられないか』という要請です」

部屋の入り口に立ったオリヴァーは、胸に手を当てた姿勢でこう続けた。

「何よりも、ミリアさまご本人から、『リーシェさまがいい』と強いご希望があるようで」

（お、お嬢さま……！）

胸の奥がきゅんとして、即座に快諾したくなる。けれどもリーシェの立場上、独断で返事をするわけにはいかないことだ。

「そのお話は、アルノルト殿下にも？」

「いいえ、先にリーシェさまのご意向を聞いてからと思いまして」

「……それはつまり、殿下への伝え方をなんとかしないと、確実にご機嫌を損ねるからですよね？」

「ははは」

オリヴァーは爽やかな笑顔を浮かべるが、まったく誤魔化せてはいない。リーシェは額を手で押さえ、ティーカップをソーサーに置いた。

（どんな理由かは分からないけれど、殿下は私と教団が接触するのを嫌っていらっしゃるようだったわ。祭典の手伝いなんて要請を知ったら、どんな反応をなさるか）

少なくとも、あまり穏便な光景ではなさそうだ。リーシェは色々と考えて、オリヴァーに告げた。

「オリヴァーさま。この件は、私からアルノルト殿下にお話ししたいのですが」

「いいえ、リーシェさまにそのようなお役目をさせる訳には参りません」

「ですが……」

「お怒りは自分が引き受けますので。どちらかと言いますと、リーシェさまにはその後の回復をお助けいただきたく」

「か、回復？」

よく分からずに鸚鵡《おうむ》返しをする。

とはいえ、ここはやはりオリヴァーでなく、リーシェからアルノルトに交渉するのが筋だろう。

（お嬢さまとご一緒できるのは、私にとっても好都合だもの。ジョーナル家に接触する理由があれば、お嬢さまの『呪い』や公爵閣下の変化、レオの怪我についても探れるし……）

それに、『祭典』の準備に携わることが出来れば、教団に対するアルノルトの思惑も分かるかもしれない。

（私がやりたいことのために、オリヴァーさまが怒られるのは理不尽だわ）

そんなことを考えていると、オリヴァーが苦笑した。

「リーシェさまはお優しくていらっしゃる。だからこそ、ミリアさまもリーシェさまにお心を許すのでしょう。出会いのときも、あそこでミリアさまに抱きつかれたのが我が君であれば、事態を余計に悪化させていましたよ」

「私が特別どうということはございませんが、アルノルト殿下とミリアさまの交流は想像がつきませんね……。そもそもが、殿下はお子さまがお好きでないと仰っていましたし」

そう言うと、オリヴァーは呆れたような表情を浮かべた。

「……それは、間違っても未来の奥方に言うようなことではないですね」

「え」

思いもよらない返事をされ、目を丸くする。

そんなリーシェの心情を知らず、オリヴァーは大真面目に頭を下げた。

「申し訳ございませんリーシェさま。我が君には後ほど、自分のほうからもきつく申し上げておきますので。まったくあの方は、いずれお世継ぎを教育する立場になる自覚が――……」

「あーっ、いえいえ全然大丈夫です!!　まったく気にしないで大丈夫ですから、あの!　それよりえーっと!!」

オリヴァーの言葉を掻き消しつつ、リーシェは慌てて話題を変える。

「お子っ、そう、お子さま時代!!　幼少の砌《みぎり》のアルノルト殿下は、どのようなご様子だったのですか!?」

「我が君のですか？」

「はい!　是非ともお聞かせいただきたいです!」

咄嗟《とっさ》に思い付いた質問だったが、確かに聞いてみたいことでもあった。リーシェに気圧《けお》された様子のオリヴァーが、戸惑いがちに口を開く。

「素晴らしく優秀な皇太子殿下でしたよ。自分が初めてお会いしたのは十年前ですが、我が君の評判はそれより前から聞き及んでいました」

そうしてオリヴァーは、こんな風に教えてくれた。

「あの方の大変な神童ぶりは、国内の噂のみに留《とど》まらず。たとえば砂漠の国ハリル・ラシャから当時の国王陛下がいらっしゃる際には、必ず御子息を伴って、我が君との意見交換や剣術の手合わせをなさっていたそうです」

(『御子息』というのはきっと、ザハド王のことね)

そういえば砂漠の王ザハドは、アルノルトと何度か面識がある様子だった。

商人人生のリーシェに、『アルノルト・ハインが戦争を始めた』という事実を早急に伝えてくれたのがザハドである。そのときのザハドの好戦的な表情を、リーシェは不意に思い出した。

（アルノルト殿下とザハド王。おふたりは年齢こそ近いけれど、国力がほぼ均衡する国の王族同士で、なによりも性格や考え方が正反対だわ。ものすごく気が合わなそう……）

そもそも砂漠の国ハリル・ラシャは、アルノルトが戦争を起こす未来において、ガルクハインと対等に渡り合う国のひとつだ。婚姻の儀でふたりが対面した場合、あまり円滑に交流が進まない予感がして遠い目をする。

しかし、いまから憂いていても仕方がない。

「オリヴァーさまが九歳の殿下にお会いした際も、やはり噂通りのお方だったのですか？」

「自分は皇城に呼び出され、謁見の間に跪いて、あの方がいらっしゃるのを待っていました。眼前の椅子に我が君が腰を下ろし、顔を上げることを許されたあと、とても驚きましたね」

オリヴァーは、苦笑に近い微笑みを浮かべた。

「初めてお目通りした際の我が君は、全身が痛々しい傷だらけのお姿でした」

「――……」

リーシェは思わず目を見開く。

「小さな頬には大きなガーゼを貼り、こめかみに包帯を巻いて、腕や指先にも多くの傷が見て取れました。首筋の傷がなかなか塞がらないのか、喉元までを覆う包帯には鮮明な色の血が滲んでいた。……大の大人であろうとも、傷の痛みや、それに伴う発熱などで苦悶《くもん》するほどの傷でしょう」

アルノルトの首筋には、古傷の跡が残っている。

刃物で何度も刺されたかのような、大きくて深い傷跡だ。

「ですが幼い我が君は、平然と椅子にお掛けになっておいでででした。苦痛の色など一切浮かべず、それどころか凍り付いたように冷えた目で、椅子の肘掛けに頰杖《ほおづえ》をつきながら」

見たことすらない光景なのに、ありありと脳裏に浮かぶようだ。

九歳という年齢は、いまのレオやミリアよりも幼い。それなのに、大怪我を負ってなお無表情でいるアルノルトの姿は、想像してみるだけでも異様だった。

「当時から整ったお顔をされていましたから、その顔立ちによる雰囲気も相俟《あいま》ったのでしょうか。幼い子供が放っているとは思えないほどの、凄《すさ》まじい威圧感でしたね。周囲に控えていた者たちなど、我が君に気圧されて震えていた」

「……お昼に聞いたお話では、『臣下を殺《あや》めた』とのことでしたが」

「はい。我が君に侍従が少ないのは、その事件以降の慣例です」

事も無げに言い切られ、リーシェは口を噤む。

軽やかに語るオリヴァーだが、その件に関しての仔細《しさい》を話すつもりはないのだと分かったからだ。

「そのときに色々なことがあり、自分は我が君にお仕えすることを選びました。お怪我が回復するにつれて、我が君はより一層その才覚を発揮するようになりましてね。……ですが、どれほど皇太子としての成長を遂げられても、ひとりの人間としてはどこか歪《いびつ》なままでいらした」

オリヴァーが、弟のことを語る兄のようなまなざしでリーシェを見下ろす。

「だからこそ。リーシェさまのような方をお妃に選んでくださって、ほっとしていますよ」

思わぬ方向に話を振られて、リーシェは瞬きをした。

「私は、アルノルト殿下のお役に立つようなことは何も」

「そのようなことはございません。それに、我が君はとても楽しそうでいらっしゃいます。あれほど穏やかに誰かの名前をお呼びになるところを、自分は一度も見たことがありませんから」

「う……」

そんな風に言われると、ただ名前を呼ばれるだけのことが気恥ずかしく感じられる。

リーシェが小さく俯くと、オリヴァーが「おや」と瞬きをした。

「リーシェさまも、以前とご様子が違いますね」

「え!?」

「ガルクハインにいらしたばかりの頃、『あんなに楽しそうな我が君を見るのは初めてです』とお伝えした際は、それほど嬉しくないご様子でしたから。順調に絆《きずな》を育んで下さっているようで何よりですよ、ははは」

「ち、違います!! なにか特別な意味を込めたつもりではなく!!」

でなければ、なんだと言うのだろうか。

(いまの私は、殿下が笑うと嬉しいもの)

それは確かな事実なので、どうにも困ってしまうのだ。

リーシェは慌てて立ち上がると、オリヴァーに一礼した。

「私、アルノルト殿下をお呼びして参ります。いくらご公務が終わらないといえど、食事は取っていただきたいので!!」

「はい。リーシェさまにお声掛けいただければ、あの方も公務を早々に切り上げるかと」

「で、では失礼します！」

リーシェは顔を上げ、急いで食堂から廊下に出た。オリヴァーの方を振り返らず、神殿の東側へ歩き始める。

「……我が君も、未来の奥方に残酷なことをなさる」

オリヴァーが呟《つぶや》いたその言葉は、聞こえないままだった。

＊＊＊

(妙なことを考えたせいで、ほっぺたが熱い……)

客室棟を出たリーシェは、回廊を通ってアルノルトのいる棟へ向かう。涼しい夜風に当たったお陰で、火照りは少し冷めただろうか。

アルノルトの気配を辿《たど》り、彼が司教たちとの会議に使っている部屋を探していると、こんな声が聞こえてきた。

「それにしても。リーシェ殿は、あなたさまの素晴らしいお妃になられるでしょうね」

(!?)

大司教の補佐をしているという、シュナイダーの声だ。

（ま、また妙な話題が!?　それにこの気配、殿下の……）

慌てて足を止めると、廊下を曲がった向こう側からは、アルノルトの声も聞こえてくる。

「教団の人間に、我が妻の評価をされる謂《いわ》れはない」

この先にいるのは、アルノルトとシュナイダーのふたりだけらしい。リーシェが気配を殺していると、シュナイダーが苦言を口にする。

「アルノルト殿下。すべての婚姻は、女神と教団の祝福によって結ばれるもの。我々はあなた方の結婚の関係者ですよ」

「黙れ。第一に、彼女がどのような妃になるかなど、意味のない議論だ」

アルノルトが、普段よりも一層冷たくて無機質な声で言い放った。

「――あれは、飾りの妻にする予定だからな」

「！」

曲がり角の死角になる場所で、リーシェはこくりと息を呑む。

「な……何を仰るのです。先ほどは、仲睦《むつ》まじいご様子だったではないですか」

「あれには利用価値がある。婚姻を結ぶまでは、仕方なく尊重しているに過ぎない。……正式な妻として迎え入れた暁には、指一本触れることもなく、離宮に閉じ込めて飼い殺すだけだ」

いささか不機嫌そうではあるものの、その言葉には重みが感じられた。

傍で聞いているシュナイダーが、困惑したようにこう述べる。

「飼い殺すなど……！　奥方にそのような接し方をするのは、女神の意向に反しますぞ！」

「そんなものは、俺の知ったことではないな」

「アルノルト殿下！」

（…………）

リーシェは少し考えたあと、足音を立てずに後ろへ下がる。

たっぷり十秒ほど数え、こつこつと靴音を鳴らしながら、アルノルトたちのいる方へと廊下を曲がった。

「こ、これは、リーシェさま」

司教のシュナイダーがこちらを見て、いささか動揺した顔をする。

リーシェはにこりと微笑んで、「こんばんは」と挨拶をした。そのあとで、シュナイダーの隣に立つアルノルトを見上げ、表情を変えて口を開く。

「……お会い出来なくてさみしかったです、アルノルト殿下！」

「！」

声を上げ、アルノルトの腕にぎゅうっと抱きついた。

アルノルトが息を呑む気配がしたが、その驚きは表に出ていない。いつもの無表情で見下ろしてくる彼を見上げ、リーシェは拗《す》ねた子供のような表情を作る。

「お戻りが遅いと思ったら、こんなところにいらっしゃるなんて。殿下が戻ってくださらないから、私ひとりで夕食を取ったのですよ？」

「……」

「お仕事が一息ついたのでしたら、『いつものように』すぐさま会いに来てくださらないと。私はいつでも殿下のお顔が見たいということを、お忘れになられては困ります」

アルノルトの腕にくっついたまま、ことんと頭を預けるようにする。リーシェは怒っているふりをしながら、甘えた上目遣いでアルノルトを見つめた。

――先ほどの話し声など、少しも耳に入っていないような態度で。

（さあ、殿下はどう出るかしら）

司教のシュナイダーが見ている前だが、リーシェは一層強くアルノルトの腕に抱きついた。アルノルトが僅かに眉を顰《ひそ》めたが、それはほんの一瞬だ。

（私のこの振る舞いが、余計な真似でさえなければ……）

そんな風に考えていると、アルノルトが口を開く。

「……すまなかった」

「！」

思った通りだ。

伏し目がちに囁いたアルノルトは、リーシェをあやすように頭を撫でてくる。

「ようやく公務が終わったところだ。これでも急いだのだが、さびしい思いをさせたらしいな」

世界一綺麗な形をした指が、珊瑚色の髪を梳いた。

甘やかすかのように優しい指が、リーシェの横髪を耳に掛けてくれる。それから、間近で瞳を覗き込むようにして尋ねられた。

「急ぎ夕食にしようと思うが、お前も傍にいてくれるか」

「もちろんですわ、アルノルト殿下。それではお食事をしながら、今日あった出来事のお話を聞かせてくださいね」

あたかも手慣れたやりとりであるかのような態度で、リーシェはふわりと微笑んでみせた。

そのあとで、今度はシュナイダーに視線を向ける。

「司教さま、我が儘を申し訳ございません。ですが今夜はもう、わたくしの殿下をお返しいただいてもよろしいでしょうか？」

アルノルトの腕に頬を擦り寄せ、敢《あ》えて我が儘な物言いをする。

呆気《あっけ》に取られていたシュナイダーは、こほんとひとつ咳払いをしたあとで頷いた。

「も……もちろんです。女神は勤労を良しとしますが、不摂生となれば話は別ですから。それでは、私もこれにて失礼いたします」

シュナイダーは足早に去っていった。その背中を見送りながら、リーシェはじっと思考を巡らせる。

『――アルノルト・ハインと結婚してはなりません』

かの司教は、そんな警告をしてきたのだ。

一体どんな意図があったのか、早急に探らなくてはならない。そのためにも、やはりミリアの祭典を手伝う必要があるだろう。

沈黙したまま考えていると、隣のアルノルトが口を開く。

「リーシェ」

「はい？」

どうしてか、やたら近くで声がした。

「ひ……」

その理由に思い立った瞬間、リーシェは顔面蒼白《そうはく》になる。

「ひえあぁっ!?」

そういえば、アルノルトの腕に抱きついたままだった。

それに気が付いて悲鳴を上げ、慌ててアルノルトの傍から離れる。両手を上げ、害意がないことを主張しながら謝罪した。

「ご、ごめんなさい!!　考えごとに集中していたら、腕を組んでいることを忘れていました!!　それと、勝手にくっついて申し訳ありません!!」

「……何故お前が謝る」

アルノルトは眉間に皺《しわ》を寄せ、物言いたげな目でこちらを見返した。

「聞いていたのだろう？　俺が、お前を『飾りの妻にする』と話したこと」

「もちろん聞いていましたけれど……」

リーシェは小首をかしげながら、アルノルトの青い瞳を見つめる。

「殿下のそんなお言葉を、私が鵜呑《うの》みにするはずがないでしょう？」

「！」

心から不思議な気持ちで尋ねると、アルノルトは一瞬だけ虚をつかれたようだった。

「もしかしたら、私の『怠惰なごろごろ皇太子妃生活』を後押しするために言ってくださっているのかも、とは思いましたけど……。でも、アルノルト殿下がそれをわざわざ教団の方に話すとは考えにくいですし」

「……」

「ですからひとまずは、便乗させていただくことにしました。殿下の目的は存じ上げませんが、司教さまに対しては『そういうこと』にしておきたかったのでしょう？　『アルノルト殿下を信じて疑わず、自分が愛されていると勘違いした悪妻』を演じた方が、ご都合が良いかと思いまして」

そう説明すると、彼の眉間の皺がますます深くなる。

どうして不本意そうなのかが分からないが、リーシェは最初から理解していた。

（アルノルト殿下は、私の存在に気づいていたはずだもの）

廊下の曲がり角で死角だろうと、気配や足音を拾っていたに違いないのだ。

そんな状況でわざわざあんな発言をしたのは、何かしら意図があってのことに違いない。だからこそ廊下の途中まで戻り、『いまこの場にやってきた』という雰囲気を装って、何も知らない婚約者を演じたのだ。

アルノルトはしばらく苦い顔をしていたが、やがて口を開いた。

「先ほどのお前の振る舞いでは、『悪妻』など演じられてはいなかったと思うが」

「えっ!?　もしかして失敗してました!?」

「そういう意味ではない」

それから彼は俯いて、溜め息のあとにこう呟く。

「……別に、俺を殴っても構わなかった」

「え」

思いもよらぬ発言を聞いて、リーシェは素直に驚いた。

（ひょっとしてこれは、私に対する罪悪感を覚えていらっしゃる……？）

だからといって、リーシェがあそこで普通に出ていっては、シュナイダーに嘘をついた意味がなくなってしまうのではないだろうか。

「殿下を殴ったりするよりも、意図を教えていただけた方がすっきりするのですが」

「……」

「とは言ってみたものの、教えていただけるとは思っていないのでご安心を。――それよりも殿下の夕食ですよね」

大神殿にいるあいだ、食事は修道士が用意してくれる。先ほどリーシェがお茶を飲んでいるので、調理用の火はまだ落とされていないだろう。

（夕食の伝達については、とりあえずオリヴァーさまにお願いすれば良いかしら）

そんな風に考えていると、アルノルトが不意に言った。

「お前に何も話さない人間を、そのように信頼するものではない」

「――……」

警告めいたその言葉に、振り返ったリーシェは瞬きする。

廊下の照明の所為だろうか。海色をしたアルノルトの目は、どこか暗い光を燻《くゆ》らせていた。

「そのままでは、俺に都合良く使われるだけだぞ」

「殿下……」

リーシェはまっすぐにその目を見て、はっきりと告げる。

「人を信頼するために必要なのは、言葉だけではないですから」

「……なに？」

もしかすると、アルノルトは気づいていないのだろうか。

彼のこれまでの振る舞いが、十分な信頼の根拠だということに。

「昼間、聖堂のバルコニーでお伝えしたでしょう？　あなたが意地悪なふりをなさるときは、必ず理由があるのだと私は考えています」

そこで一旦言葉を区切り、リーシェはにこりと微笑んだ。

「『アルノルト殿下も、私を信頼してください』とまでは言いませんが。多少突き放されたところで、簡単にはめげない性格だということは、是非とも知っておいてくださいね」

「！」

アルノルトは僅かに目をみはる。

そのあとで小さな溜め息をつき、目を伏せながら呟いた。

「……それくらいは、俺だってもう知っている」

それはよかった、と心から思う。

一方のアルノルトは、改めてリーシェの目を見ながら言った。

「不快にさせた詫《わ》びをしよう。お前は俺にどうしてほしい」

「お詫びだなんてとんでもない。それに、もとより都合が良いだけの婚約者になるつもりはないので、その点につきましてはご心配なく！」

にこーっと満面の笑みを浮かべると、アルノルトが若干警戒した顔をした。

（ふふふ、嫌な予感がしていらっしゃるようですね。でも、先ほどお見せになった罪悪感に付け込ませていただきますから！）

交渉ごとをするのに最も有利なのは、相手がこちらに謝罪をしてきたときだ。

商人人生で覚えたことのひとつだが、これは案外有効なのである。

「まずはひとつめ。ミリアさまの祭典準備をお手伝いしたいので、その許可をください」

「祭典の手伝い？」

アルノルトが、ひどく不味《まず》いものを口に放り込まれたような顔をする。

「まさか、教団がお前に要請したのか」

「細かい経緯は良いではありませんか。それから更に、もうひとつお願いがありまして」

「……」

「いえ、やっぱりふたつ追加いたします。他にも思いつきましたら、順次交渉ということで！」

「…………」

そうしてリーシェが突きつけた我が儘を、アルノルトは最終的に呑んでくれたのだった。

第三章

大神殿に到着して二日目の朝、食堂でアルノルトとの朝食を終えたリーシェは、彼を公務へと見送ってから自室に戻った。

寝台の下から取り出した革のトランクケースには、たくさんの小瓶が収められている。リーシェはその中から熟慮して、三本の瓶を取り出した。

きらきらとしたその瓶は、硝子《ガラス》の凹凸《おうとつ》によって花の模様が表現されている。小さな鞄《かばん》に仕舞い、それを手に部屋を出たリーシェは、ミリアの部屋がある階へと向かった。

扉の前には、ミリアの父である公爵が立っている。

「おはようございます、ジョーナル閣下」

「これは、リーシェさま」

公爵はリーシェに向き直ると、胸に手を当てて丁寧な一礼をした。

「申し訳ございません、娘はまだ支度をしておりまして。……祭典準備にお力を貸していただけるとのこと、大変にありがたく存じます。リーシェさまご自身の儀式もまだ途中だというのに、父親としての力が及ばず」

「どうかお気になさらず。それに私の方からも、突飛なお願いをしてしまいましたから」

『お願い』とは、昨晩アルノルトを通して申し入れてもらったことだ。公爵はすぐに思い当たったようで、「ああ」と柔らかく微笑《ほほえ》む。

「突飛だなどととんでもない。とても嬉《うれ》しく存じますよ」

「ご快諾いただけてよかったです。本人はびっくりするかもしれませんが」

そんな話をしていると、扉の向こうから拗《す》ねたような声がした。

「パパもリーシェさまも、なんのお話をしているの？」

「なんでもないよ。そんなことよりミリア、いい加減に出てきなさいと言っているだろう？　リーシェさまをお待たせしてしまうことになるぞ」

「……」

黙り込んでしまったミリアに対し、公爵が溜《た》め息《いき》をつく。

「ミリア、聞いているのかい？　だから侍女を滞在させようと言ったじゃないか。お前ひとりで支度をするなど、時間が掛かるに決まっているだろう」

「ドレスはひとりで着られたわ！　……出来たもの、ちゃんと……」

「だったら早く出てきなさい。もうすぐ予行練習の時間になってしまうぞ」

「お待ちください ジョーナル閣下。少しだけ、扉から離れていただけませんか？」

公爵に場所を代わってもらい、リーシェはそっとミリアに話し掛ける。

「ミリアさま。ひょっとして、お髪《ぐし》の手入れをなさっているのでは？」

「！！」

息を呑《の》む気配がした。その反応を鑑みて、予想が当たっていたことを確信する。

（お嬢さまが朝、お部屋からなかなか出ていらっしゃらない理由その十三。『湿度の高い日の朝は、ふわふわの髪がより一層ふわふわになっていると心得よ』！）

リーシェはきりっと表情を引き締め、ミリアに小声で告げた。

「それでしたら、是非とも支度をお手伝いさせてください。よろしければ、私だけお部屋に入れていただいても？」

「……」

しばらく逡巡《しゅんじゅん》したあと、ほんの僅かに扉が開いた。それを目にした公爵が、慌てた声で娘を呼ぶ。

「ミリア！」

「パパはこっちに来たら駄目！　お部屋に入っていいのはリーシェさまだけなんだから！」

「申し訳ございませんジョーナル閣下。淑女の矜持《きょうじ》を尊重し、しばらくお待ちくださいませ」

「なんと……」

呆気《あっけ》に取られている公爵を置いて、リーシェはミリアの部屋に入る。するとそこには、淡い菫《すみれ》色の髪をもふもふに膨らませて、半泣きのミリアが立っていた。

「り、リーシェさま」

ずっと奮闘していたのだろう。小さな手に握り締められたブラシには、菫色の髪が絡まっている。力任せに梳《と》かそうとして、痛い思いをしたに違いない。

「どうしましょう、このままでは祭典の予行練習に遅れてしまうわ。こんなみっともない頭、パパや大司教さまに見せたくない！」

「ご安心を。私がすぐになんとかします」

「でも、早起きしてずっと頑張ってるの。それなのに全然だめで、間に合わないわ……！」

サイドテーブルには、朝食を運ばせたらしきトレイが置かれている。スープ皿は空になっているが、パンは半分以上が残されていた。

恐らくは、食事もきちんと取らずに奮闘していたのだ。

（すぐに済ませて、朝ご飯を召し上がっていただかないと）

リーシェは鞄を開け、中から三本の小瓶を取り出す。

「ミリアさま。こちらの瓶の蓋を開けて、香りを嗅いでみてください」

「……お花の香り？」

「はい。こちらは百合《ゆり》の香りで、この青い瓶は蘭《らん》の香り。この透明な瓶はライラックです」

リーシェが見せた小瓶の中を、ミリアはくんくんと嗅いでいく。

「良い匂い。これはなあに？」

「髪のお手入れに使えるオイルです。これを使えば、髪の広がりを抑えることが出来ますよ」

「オイル！　でも、ヘアオイルはもっと癖のある香りがするのではなくて？　色だって白っぽいものが多いのに、この瓶の中身は透明だわ」

「こちらは植物の油から作ったもので、獣の脂は使っていないのです。長い髪に使っても嫌な匂いがしませんし、固まってしまうこともありません」

ガルクハインを出発する際、リーシェはあらゆる支度をしてきた。そのほとんどが、この大神殿でミリアに出会うことを前提としたものだ。

奇術に使ったぬいぐるみだけでなく、手製で調合したヘアオイルやハンドクリームなど、侍女人生でミリアに喜ばれたあらゆるものを取り揃《そろ》えている。

トランクから選び取った三本のヘアオイルは、侍女人生のミリアが好んだ香りのものだった。

「この中でしたら、どれが一番お好きですか？」

「一番だなんて迷ってしまうわ！　どれも好きだけど、いまはライラックの気分かしら」

「ふふ。では、今日はライラックに致しましょう。こちらへお座りください」

ミリアを鏡台の前に座らせて、瓶の中身を手のひらに出す。

甘やかで、けれども強すぎない花の香りがふわりと広がった。両手に伸ばしたオイルを、ミリアの髪の内側へ丁寧に馴染《なじ》ませていく。

「こんなヘアオイルは初めて見たわ。ガルクハインで流通しているの？」

「いいえ、主に流通しているのは東の大陸ですね。こちらの大陸ではなかなか手に入らないので、これは私が作ったものです」

「作った!?　リーシェさまが!?」

「はい。材料さえ揃えば簡単なので、作り方は改めてお教えしますね」

オイルを一通り付け終わって、ミリアからブラシを受け取った。

絡まった髪を梳かしながら、湿気で膨らんでしまった髪を落ち着かせてゆく。その様子を見ながら、ミリアがきらきらと目を輝かせた。

「すごい！　さっきまで、あんなにぼさぼさだったのに」

「時間に余裕がありますから、このまま編み込みをしていきましょう。お任せいただいても？」

「も、もちろん！」

ミリアは頬を紅潮させながら、鏡越しにリーシェを見る。

「……なんだか、ママにしてもらってた時みたい」

小さな小さな独り言だ。

ミリアはきっと、リーシェに聞かせるつもりがなかったのだろう。それが分かっていたから、微笑んだだけで何も返事をしなかった。

その代わりに、綺麗《きれい》な色をした髪を編みながら、ごくごく他愛もないお喋《しやべ》りをする。

「そういえば、昨日のドレスはいかがでした？」

「あれはね、着ないですぐに戻してもらったの！　寸法は間違いないはずだし、着替えている時間が惜しかったから」

「まあ。裾や袖のバランスなどは、お召しになってみないと判断できないのでは？」

「だってドレスを染めるのよ？　『白のドレスならこの丈』って思っても、ピンクだときっと変わるもの！　それだったら早く仕上げてもらった方がいいわ。綺麗に染めて、もしもバランスが違うなって感じたら、その場で調整しようと思うの！」

「ふふ、確かに。ミリアさまの仰《おつしや》る通りですね」

そんな話をしていると、ミリアが不意に窓の外を見た。

リーシェもその視線を追いかけてみれば、中庭をレオが歩いている。森に行く方角ではなかったので、小間使いとしての仕事中だろうか。

「ミリアさまは、あそこにいるレオとお喋りなさることはありますか？」

「あの子とは話したくないわ。だって、私のことを完全に子供だと思ってるもの」

「ミリアさまがひとつ歳下《としした》なのは事実では……」

「あら。精神の年齢を決めるのは、生きた年数ではなくて経験のはずよ！」

大人びたことを言いながらも、椅子に座ってゆらゆらと脚を揺らすミリアの仕草は幼かった。かと思えば、不意にその表情が曇る。ミリアはそっと目を伏せて、さびしげな声で呟《つぶや》くのだ。

「パパはきっと、孤児院から子供を引き取ることに、なんの抵抗もないのだわ」

その言葉に憂いの響きが感じられて、リーシェは首をかしげる。

「レオは、パパがいきなり小間使いとして連れて来たの。教団の運営する孤児院で、『喧嘩《けんか》ばかりしているから』って、シュナイダー司教に頼まれたんですって」

「……そうだったのですね」

「私に何の相談もなく連れ帰ってきたのに、パパはひどいの。『レオはお前の遊び相手になる。それに、世の中にはいろんな境遇の子供がいることをお前に知ってほしいんだ』なんて言ったのよ」

ミリアが抱える不満の理由が、リーシェには何となく分かった気がした。

「この話を私の侍女にしたら、あの人たちはこう言ったわ。『旦那さまはひどいですね。お友達でしたら、せめて女の子にしていただかなくては』って。ほかにも『ミリアさまのお気持ちを考えてほしいですね』だとか、『それでは子犬を飼うのはいかがでしょう』だとか。そうじゃなくて、私が嫌なのは……」

「レオ本人の意思が考慮されていなかったように思えること、ですか？」

「!!」

リーシェの言葉に、ミリアは目を丸くした。

「どんな境遇に生まれてこようと、レオはレオとして生きるべきです。ミリアさまの遊び相手でもなければ、世間を知るための教材でもありません。それなのに、ミリアさまのことばかりを気遣われてしまうのが、お嫌だったのでは？」

「……そ」

ぱちぱちと大きな瞬きのあとで、ミリアが呟く。

「そうなの」

そう言って、言葉のひとつひとつを噛《か》み締めるように口にした。

「私、すごく嫌だったの。レオが孤児院で育ったからといって、どうしてそんな理由で引き取られなければいけないの？　他の子と喧嘩をするのだって、レオなりの理由があったかもしれないのに。だけど引き取る前、私の意見を聞いてくれなかったパパが、レオの意見をちゃんと聞いただなんて思えなかった」

「ミリアさまのそのお考えには、私も賛同したいです。でも、ご自身にもいけなかったところがあるのはお分かりですね？」

そう問い掛けると、ミリアの眉端がしゅんと下がる。

「この気持ちをちゃんと説明せず、パパに怒ってばかりだったこと、でしょう……？」

「はい。昨日も今日もミリアさまは、お父さまにあまりお気持ちを話されていませんよね。単なる気まぐれの我儘《わがまま》ではなく、ミリアさまにお考えや事情があってのことなのだと、どうしてお伝えにならないのですか？」

「……」

「私には、こんなに素直に教えてくださるのに。お父さまにはそうなさらないのは、何か理由があるのですね」

そう言うと、ミリアはますますその顔を曇らせた。

（駄目ね。これは、話していただける雰囲気ではなさそうだわ）

これはもう、そういうときの表情だ。だからこそ聞き取りを諦めて、レモン色のリボンを手に取った。

「さあミリアさま。こちらでいかがですか？」

「まあ、素敵！」

鏡に映った姿を見て、ミリアが嬉しそうな声を漏らす。

リーシェが仕上げたのは、横髪で両サイドの高い位置に輪を作り、それを留めた髪型だ。まるで小熊の耳のように、ぴょこんと左右で丸くなっている。その端処理として三つ編みをし、後頭部でまとめてリボンで結んだ。簡単だけれども愛らしく、ミリアによく似合う髪型だ。

「なあにこれ、とっても可愛《かわい》い……!!」

(この髪型は、お嬢さまが幼い頃のお気に入りだったものね)

過日のことを思い出し、微笑ましくなる。彼女が大人になるにつれ、あまりねだられなくなった結び方だが、十歳のミリアには大満足だったようだ。

「ありがとう、リーシェさま！　これで予行練習もばっちりだわ！」

「ふふ、では参りましょう。廊下でお待ちのお父さまに、にこにこ元気でご挨拶できますか？」

「あら、そんなのでは駄目よ！　この髪型にふさわしく、上品で淑女らしい挨拶にしなくては！」

ミリアは張り切った面持ちで、ぱたぱたと扉の方に駆けてゆく。リーシェも彼女の後を追いながら、このあとの動きを計算した。

(まだまだやることが山積みだわ。だけど、この機会を逃すわけにはいかない)

そうして始まった祭典の予行練習は、思いの外順調に進んでいった。

大司教による進行に従って、ミリアは粛々と『巫女姫《みこ》』代理の役割をなぞってゆく。身廊から祭壇までの歩き方も、女神に対する最敬礼の仕方も完璧だ。

特に、長々とした聖詩の言葉を淀《よど》みなく暗唱しきったときは、周りの司教たちも驚いたような顔をしていた。

聖堂の後ろに控えたリーシェは、予行練習を見守りながらそっと微笑む。

(お嬢さまは頑張り屋だもの。きっと、巫女姫の代理が決まってから、ひとりでこっそり練習なさっていたのね)

いまのミリアは、リーシェの『お嬢さま』ではない。それでもどこか誇らしい気持ちになりながら、ミリアの頑張りを応援する。

そんなリーシェの傍《そば》へ、とある人物が歩み寄ってきた。

「素晴らしい。祭典の予行は、とても順調なようですね」

「司教さま」

話し掛けてきたのはシュナイダーだ。リーシェは彼を見上げ、にこりと微笑みを返す。

「昨晩は、はしたない所をお見せいたしました。アルノルト殿下がなかなかお戻りにならず、ついつい寂しかったもので」

「あ、ああ、いえ」

夕べのことを思い出したのか、シュナイダーはいささか気まずそうな顔をした。

そのあとでこほんと咳払《せきばら》いをし、祭壇の前にいるミリアを見遣《みや》る。

「儀式にいらしただけのリーシェさまを、祭典に巻き込んでしまい申し訳ございません」

「いいえ。そのことでしたら、どうぞお気になさらず」

「そういうわけには。巫女姫の代理を立てるのだとしても、もう少し分別の付く年齢の少女を選ぶべきだったのですが……巫女姫の一族は、髪色にとある特徴を持ち合わせていましてね」

その言葉に、昨日バルコニーで見た壁画を思い浮かべる。

「たとえ代理であろうとも、少しでもその条件に当て嵌《は》まる少女ということで、ミリア殿が選ばれたのです」

「……『花色の髪の少女』という、聖詩の一節に基づいたのでしょうか」

「なんと。大衆向けには『春色の少女』と訳されているのですが、よくご存じでいらっしゃる」

「とある方に、読み方を教えていただきまして」

念のため、アルノルトの名前は伏せておく。一方で、不意に気になることが生まれた。

（アルノルト殿下は、どうお考えになったのかしら）

シュナイダーの話を聞きながら、リーシェは考える。

（聖詩をお読みになったことで、『あのこと』を察してしまった可能性は？　……相手はあのアルノルト殿下。むしろ、最初からすべてお気付きだった可能性もあるわ。だとすれば、あのときの視線の意味もよく分かる）

じっと思考を回していると、シュナイダーがこちらを見る。

穏やかだが、そのせいで無機質にも見える目だ。リーシェが彼と視線を合わせると、シュナイダーは微笑んでこう言った。

「あなたは、とても美しい髪色をしていらっしゃる」

「……」

その言葉に、リーシェの肩がぴくりと跳ねた。

シュナイダーはそのことに気が付かない。これがたとえばアルノルトであれば、すぐさま察していただろうに。

「リーシェ殿のような髪色であれば、間違いなく巫女姫の代理に選ばれていたでしょう。あなたがドマナ聖王国のお生まれでなかったことが、非常に惜し……」

「神に捧《ささ》げる儀式であれば、何よりも大切なのは信心と情熱です」

「！」

リーシェが微笑んで言い切ると、シュナイダーは目をみはる。

「そう思いませんか？　司教さま」

「……それは、その通りですが」

「ミリアさまは、とっても真摯にお役目へと臨んでいらっしゃいます。その頑張りを少しでもお手伝いできるのでしたら、これほど光栄なことはございません」

押し黙ったシュナイダーに、今度はリーシェが畳み掛ける。

「そういえばお話は変わりますけれど、司教さまは昨日不思議なことを仰いましたね。アルノルト殿下と結婚してはならないとは、一体どうしてなのですか？」

「り、リーシェ殿。その話はまたいずれ、場を改めて――」

「リーシェさま！」

ぱたぱたと小さな足音を立てて、ミリアが身廊を駆けてきた。

シュナイダーははっとした表情のあと、「失礼しました」と頭を下げる。彼の後ろ姿を注意深く眺めつつも、抱きついてきたミリアを受け止めた。

「聞いてリーシェさま！　練習、一度も失敗しなかったわ！」

「はい！　ご立派でしたね、ミリアさま！」

ミリアを抱き締めてそう告げると、嬉しくて仕方がない様子で「ふふっ」と笑う。

嬉しそうに頬を染めたミリアは、張り切った表情でこう言った。

「でも、まだまだ練習しないとだわ！　ドレスは本番用じゃないし、今日は神具を使っていないもの。段取りがもう少し変わるから、気を抜かずに頑張るつもりよ！　だって神具を扱うときは、慎重にしないといけないものね」

「神具というのは、巫女姫の持つ弓ですよね。女神さまに代わって季節を巡らせるために、その季節それぞれの力が籠った矢を射るという」

「ええ。もちろん、祭典では射るふりをするだけだけど……」

神具といえど、弓矢は武器だ。そのことをよく理解しているのか、ミリアが僅かに緊張の面持ちを見せる。

その強張《こわば》りを解きたくて、リーシェは小さな手をぎゅっと握った。

「ミリアさま、お昼ご飯に致しましょうか。今日は特別に、お庭で食事できるよう手配していただいたのです」

「それって、もしかしてピクニック!?」

「はい。良いお天気なので、きっと気持ちが良いですよ。日差しが眩《まぶ》しいかもしれないですから、ミリアさまは帽子を被《かぶ》りましょうね」

侍女人生の癖で、ついついそんなことを言ってしまう。不自然だったかと心配したが、ミリアはそれほど気にしていないようだ。

「私、お外でご飯を食べるなんて初めて！」

目を輝かせてはしゃぐ少女に、リーシェも頬を綻ばせるのだった。

だが、ミリアの無邪気な表情は、昼食の場に連れて行った途端に変わってしまうことになる。

＊＊＊

「どっ、ど、どうして……」

庭に到着し、芝生の上に広げたクロスを見たミリアは、硬直してわなわなと体を震わせた。

おおよその反応は想像していたので、リーシェは気にせず準備を進める。そして、クロスの上にミリアを手招いた。

「さあミリアさま、こちらにどうぞ」

「ちょっと待って、リーシェさま!!　ねえ、どうして……！」

小さな指が、お行儀悪くもひとりの人物を示す。

「どうしてレオが、一緒にいるの!?」

「居たくて居るわけではありません、お嬢さま」

クロスの上に座らせたレオが、むすっとした声でそう言った。クロスにお皿を並べながら、リーシェはそっとたしなめる。

「ミリアさま、人を指差してはいけませんよ？　ご飯のときはにこにこ笑顔で、喧嘩をせずに食卓につきましょう」

「レオがいるだなんて思わなかったもの！　一体なぜ!?」

「今朝方、レオのことを気になさっていたではありませんか」

「でもでもこんないきなりなんて、心の準備ができていないわ!!　レオだってパパがいくら誘っても、同じ食事の席になんか来たことがないくせに!!」

ミリアがそんな風に非難すると、レオは不貞腐《ふてくさ》れた顔をした。

「俺はただ、美味《うま》い肉が食えるって言われたので、本当は嫌だけど仕方なく来ただけです」

「お、お肉に釣られて来たというの……!?」

ミリアは愕然《がくぜん》としているが、これはリーシェの作戦なのだ。

騎士人生のレオだって、どんなときもつっけんどんだったものの、庭で肉を焼くパーティをしたときだけは近くまで寄って来てくれた。

「お座りくださいミリアさま。早くご飯を食べないと、午後の練習に間に合いませんよ？」

「うう……っ」

責任感が刺激されたのか、ミリアがぎこちなくクロスに座った。

リーシェはバスケットを開くと、修道士たちが準備してくれた昼食を取り出す。大きな丸いパンをふたつに切り、その間にたっぷりの野菜やお肉を挟んで、甘辛いソースを掛けた昼食だ。

これならお皿も最低限の数ですむ上、ナイフやフォークも必要ない。野外で摂《と》るにはぴったりであり、庶民にとっては手軽な食べ方だが、ミリアは見たことがないはずだった。

「お肉と野菜を、こんなに大きなパンで挟むだなんて……こ、これをどうやって食べるの？」

「下半分を紙に包んだまま、手に持ってそのままお召し上がりください。ソースを溢《こぼ》さないように
お気を付けて」

「このまま!?」

リーシェが頷《うなず》くと、ミリアはおずおずと口を開ける。

その様子を見て、レオが無愛想に言い放った。

「そんなお上品な口の開け方じゃ、パンの端っこしか齧《かじ》れませんよ」

「仕方ないじゃない、初めて見るのだもの」

「ふん」

レオはそれ以上何も言わない。

その代わり、ミリアの見ている前で大きく口を開けて、手に持ったパンにかぶりつく。

「おっきなおくち……」

その様子を、ミリアは呆然《ぼうぜん》と見守っていた。けれどもやがて、自分の手元を見つめると、意を決
したように口を開ける。

そして、がぶりと噛み付いた。

最初はおっかなびっくりな様子で、もぐもぐと小さく顎を動かす。数秒ののち、ミリアの目がき
らっと輝いた。

「……っ、んん!!」

どうやら美味《おい》しかったようだ。

あまりに分かりやすい反応を見て、リーシェはくすっと笑みを漏らす。何かしらのツボに入ったのか、レオも咄嗟《とっさ》に口元を押さえ、笑うのを堪《こら》えるような仕草をした。

「お気に召してよかった。レオも美味しい？」

「まああです」

「美味しいのね、よかった！」

ほっと息をついて、リーシェも食事を始めることにした。内心で心配していたものの、ミリアとレオは少しずつ会話をしている。

「レ……レオがさっき、お肉に掛けたソースはなに？」

「さあ。辛くて美味そうだったので、掛けてみただけですけど」

「辛いの？　辛いのに美味しいというのはどういうこと？」

「子供には分からないと思うんで、やめておいた方がいいですよ」

「あなたとは一歳しか変わらないじゃないの！」

本人たちは不本意に思うだろうが、一見すればそれなりに楽しげな会話だ。

（この先のレオが、どんな原因で怪我《けが》をするのかまだ結論は出せない。お嬢さまの言う『呪い』も気になるけれど、私の想像通りだとすると、ふたりの関係が良好になるに越したことはないわ）

昨日のミリアは、自分自身に呪いの力があり、彼女が拒んだ者には危険が及ぶのだと言っていた。

『そんなことは有り得ない』と切り捨てる前に、ミリアがそんな発言をする理由を確かめる必要がある。そう思っていると、ミリアが気まずそうに口を開いた。

「あ、あの、その。レオは、うちで何か困っていることはない？」

「特に何も。雇い主の娘が、とんでもない癇癪《かんしゃく》を起こす以外には」

「そ、それは……!!」

「レオ。意地悪をしては駄目でしょう」

リーシェがたしなめると、レオは最後の一口になったパンと肉の切れ端を口に放り込み、それを食べ終えてから返事をした。

「ひとり部屋は貰《もら》えるし、仕事が終わったあとは自由な時間があるし。そういう意味では、孤児院に比べて過ごしやすいです」

その答えに、ミリアはほっとしたようだ。半分以上残っている昼食を手に、次なる質問をする。

「レオのいた孤児院って、どんなところなの？」

「それ、興味本位の質問ですか？」

「ち、違うわ！　ただ、知りたくて」

ミリアがしょんぼりと俯《うつむ》いた様子を眺め、レオは若干の罪悪感が湧いたらしい。ふいっとミリアから目を逸《そ》らし、ぶっきらぼうな言い方で説明をする。

「『どんなところ』なんて、人によって感じ方は違うと思いますけど。あそこで暮らすのが向いてる奴《やつ》にとっては、それなりに過ごしやすい所なんじゃないですか」

「レオは向いていなかったから、追い出されてうちに来たって聞いたけれど？」

「ふん」

ミリアの言葉に、レオがごくごく小さな声で呟く。本来ならば聞き取れないような呟きだが、リーシェはくちびるの動きが読めてしまった。

「俺は、向いていたから外に出されたんだ」

「……？」

それはどういう意味だろうか。

リーシェは不思議に思ったけれど、会話の邪魔はしたくない。もくもくと昼食を食べながら、レオとミリアの話に耳を傾ける。

「孤児院は、シュナイダー司教が責任者なのよね。シュナイダー司教はつまり、レオにとってのお父さまなの？」

「まさか」

「！」

きっぱりと言い切ったレオの声音に、ミリアがびくりと肩を跳ねさせた。

「あの人には世話にはなった。生きていく手段を教わった。ただそれだけであって、俺には親なんて居ません」

「へ、変なことを言ってごめんなさい。血が繋《つな》がっていないんだから、不用意にお父さまなんて言い方をしてはいけないわよね」

「そういうことです。飯も食ったし、もう行っていいですか？」

「あ、レオ。待って待って」

リーシェが慌てて引き止めると、立ち上がろうとしたレオが変な顔をした。

「なんですか。早く片付けないと、午後の雑用が……」

「午後のお仕事は変更になったの。ジョーナル閣下にお話をして、『レオの時間を貰いたい』とお伝えしてあるから」

「は？」

思いっきり顔を顰《しか》めたレオに、リーシェはにこりと笑いかける。

＊＊＊

そして、昼食のあと。

大神殿の外れにある中庭で、リーシェはとある人物に説明をした。

「記憶していらっしゃるかもしれませんが念のため。この子が昨晩お話しした、ジョーナル閣下の小間使いのレオです」

「……」

その人物から視線を向けられたレオは、盛大に気まずそうな顔をしている。若干顔色が悪い気もするが、これればかりは慣れてもらうほかにないだろう。

「そしてレオ、改めて紹介するわね。このお方が――」

リーシェはそこで一度言葉を区切り、傍らに立つ人物を見上げた。

こうして見る限り、大変に不本意そうな表情だ。けれどもそれほど気にせずに、再びレオへと視線を戻す。

「ガルクハイン皇太子の、アルノルト・ハイン殿下よ」

「……」

その瞬間、レオはへなへなと蹲《うずくま》り、「どうしてこんなことに……」と呟いた。

「ねえ、レオ」

リーシェは、しゃがみこんだ彼のつむじを見下ろして呼びかける。

顔を上げたレオから返ってくるのは、警戒心に満ちた視線だ。隻眼になった未来の彼も、大人をこんな目で睨《にら》みつけていた。

そんなことを思い出しながら、微笑んで問い掛ける。

「あなた、アルノルト殿下から武術を習ってみない？」

「は……っ!?」

驚きと怯《おび》えの混じった声だ。

反射的にアルノルトを見上げたレオが、信じられないと言いたげな瞬きをする。だが、アルノルトが不本意そうにしながらも訂正しないのを見て、いよいよ顔を青くした。

「な、習うって、俺が!?」

「この人ね、すっごくお強いの。先の戦争中、たったひとりで敵の騎士団を壊滅させたくらいに」

「それくらい俺だって知ってるよ‼　……あ‼」

自分の発言が不敬だと思ったのか、レオは両手で口を塞ぐ。アルノルトはどうでもよさそうだが、レオにとっては大問題だろう。

（それにしても、アルノルト殿下が協力してくださることになって本当によかった）

リーシェがこの約束を取り付けたのは、昨日の夜のことである。

アルノルトに『詫《わ》び』を提案され、全部でみっつの頼み事をした。そのひとつめが祭典の手伝いであり、ふたつめがこれだ。

（ジョーナル閣下も快諾してくださったし。あとは、本人の気持ち次第だけれど……）

リーシェがちらりとアルノルトを見遣れば、ねだりたいことが通じたのだろう。

アルノルトは、冷淡にも聞こえる声でレオに告げた。

「――立て」

「！」

淡々としているのに、よく通る声だ。

アルノルトは発話の使い方がうまい。何かを命じるときの声音など、耳にしただけで気が引き締まるような響きすら帯びている。

困惑を隠せていなかったレオも、いよいよ腹を括《くく》ったらしい。小さな手を地面につき、ぐっと膝に力を入れて立ち上がる。

そして、真《ま》っ直《す》ぐにアルノルトを見つめた。

「ふん」

その様子に、アルノルトが少し目を細める。

「そのまま数歩、適当に歩いてみろ」

「は、はい」

言われた通り、レオは中庭をゆっくりと歩き始めた。

「止まれ」

そのままぴたりと足が止まる。

アルノルトは眉間に皺《しわ》を寄せ、リーシェの方を見た。

「……リーシェ」

「あ。やっぱり殿下もお気付きになりました？」

リーシェが首をかしげると、アルノルトは面倒臭がっているのを隠しもしない顔で言う。

「こんなものを拾ってきて、一体どうするつもりだったんだ」

「私には難しい問題ですが、殿下なら絶対になんとかして下さるかと思い」

「あのな……」

眉根を寄せたアルノルトが、目を閉じて柔らかな溜め息をつく。

警戒心をあらわにしたままのレオは、それでもちゃんと尋ねてきた。

「状況が、まったく分からないんですが」

「ごめんねレオ。余計なお世話かもしれないのだけれど、どうしても心配になってしまって」

リーシェは言葉を選びながら、彼に告げる。

「あなた、何かの鍛錬をしているわよね？」

「!!」

その瞬間、レオが両目を見開いた。

「なっ、なん、なんで」

「それも結構無茶なやり方で。体を痛めたことがあるけれど、ちゃんと治していない上に、今もそれと同じ鍛錬を続けているのではない？」

「なんでそんな風に思うんだよ！」

「そういう体の使い方だから」

そう言うと、苺《いちご》色をしたレオの瞳が困惑に揺れる。

「痛みはもう無いようだけれど、右足首の関節が緩くなってしまっているわ。それを無意識に庇《かば》っているせいで、歩き方に特有の癖が出ているの。右足を捻《ひね》りやすいけれど、捻った割に痛みは無いとか、そういう状況に心当たりはない？」

「……っ」

アルノルトが黙っている様子を見るに、彼も同意見ということだろう。

森を一緒に歩いたリーシェはともかく、アルノルトはここでたった数歩ほど歩かせただけだ。それなのに見抜いてしまうだなんて、どれだけの観察眼を持っているのだろうか。

「それから腕。というよりも、肩と言った方が良いかしら。右肩の使い過ぎに心当たりがあるでしょう？」

「それは……」

「このままでは、体の成長に支障をきたすわ」

リーシェが知っている未来のレオは、もう少しだけ状況が違った。

『前の雇い主』による折檻《せっかん》で隻眼となったレオは、そのときに体のあちこちも負傷したのだろう。四肢にも怪我による後遺症があり、体を動かすのが億劫《おっくう》そうな様子を見せていたのだ。

「いまならまだ間に合うの」

脳裏によぎるのは、騎士だった人生の記憶である。

リーシェたちが訓練をしていた庭の隅で、レオは度々その光景を見に来ていた。その時を除けば、他人のいる場所に自分から近づくことなんてしないのに。

（あのときのレオは、決して私たちを見ていたのではなくて、ただただ剣術の練習を見ていた）

あれは、紛れもない憧憬だったように思えるのだ。

自分にはもう手に入らない、叶《かな》うことのない夢を眺める目をしていた。出来ることならば、この人生でのレオにあんな目をしてほしくない。

（この先のレオが、どんな理由で片目を失うほどの怪我をするのかは分からない。回避するためには環境を変えるのが一番だけれど、そのためにレオが望まない道を用意するのでは意味がないわ）

人生とは、いつだって自分の意思を元にして、希望のある道を選びとるべきなのだ。

そんな思いを抱えながら、アルノルトを見上げた。

「ですから、殿下」

「……」

彼の従者であるオリヴァーも、恐らくは過剰な訓練によって体を壊している。騎士候補生の訓練が、体への負担を考慮されたものに変わったのは、恐らくアルノルトによるものだ。

「お前が俺に望んだ以上、俺がそれを違えることはない。重要なのは、こいつが何を選ぶかだ」

アルノルトは、冷たい瞳でレオを見下ろす。

「覚悟があるのなら、望む強さへの足掛かりは作ってやる。だが、こちらも半可な人間に手を貸すつもりはないぞ」

「っ、俺は」

「お前の主人の承諾は得た。この先のことは、自分で決めろ」

僅かな怯えを滲《にじ》ませたまま、レオが逡巡した。

「あなたに武術を習うなら、俺は、ガルクハインに行かなくてはいけませんよね」

「そうだ。どれほどの期間かはお前次第だが、しばらくはジョーナル家を離れることになる」

少年の小さな頭が、無念そうに項垂《うなだ》れる。

「だったら、俺は行けません」

「……」

その言葉に、アルノルトはつまらなそうな表情を作った。

「レオ。本当に、それで後悔はないの？」

「……あるに決まってます」

いつのまにか、レオから怯えの気配が消えていた。

代わりに彼の声音には、悔しそうな色が滲んでいる。レオはその光を宿したまま、アルノルトを見上げた。

「っ、だから！　せめてあなたがここにいる間だけ、俺に稽古をつけていただけないでしょうか！」

「……」

「教わったことを糧にして、もう二度と無茶な鍛錬はしません。どうか、お願いします！」

言い切って、深く頭を下げる。

小さな肩が震えていた。アルノルトはそれを眺めたあと、表情を変えずに告げる。

「ならば、今日の夕刻から時間を取る」

「‼」

弾《はじ》かれたように顔を上げ、レオがその目を見開いた。

「リーシェ。お前もそれで構わないな」

「は、はい、もちろんです殿下。でも、滞在中はご公務がお忙しいのでは……」

「そもそもが、滞在日数を数日延ばせと教団から要望が出ている。俺に合わせて仕事をさせられたのでは、連中の方が保《も》たないそうだ」

（あー……。確かに日頃、ほとんど休憩もなさらずにご公務をこなされているから）

アルノルトが大神殿で片付ける仕事なら、当然そこには教団の人々が絡んでくるのだろう。

組まれた公務の日程は、教団側にとって過酷なものに違いない。そんなことを考えながら、レオを見遣る。

「ありがとう、ございます」

噛み締めるような言葉と共に、レオが深々と頭を下げた。その様子に安堵《あんど》しながらも、リーシェは内心で考える。

(ガルクハインに『行きたくない』ではなくて、『行けない』だなんて。レオの身の上にしては、不自然な言葉選びだわ)

レオには告げていないものの、リーシェには他にも気付いていることがある。恐らくは、アルノルトも読み取っている可能性が高い。

だが、いまはまだ追及しないでおくべきだろう。

「びっくりさせてごめんね、レオ」

謝ると、レオは不貞腐れたような表情でリーシェを見た。

「まったくです。こういうのは普通、俺に説明してからここまで連れてくるべきじゃないですか」

「でも、言うとあなたは逃げ出しそうだったし」

「どこの世界にいる庶民も、『他国の皇族に会わされる』って聞いた瞬間逃げ出すに決まってる」

そんな話をしていると、アルノルトがリーシェに視線を向けてくる。

「お前、この子供と以前から面識があるのか」

(だから、勘が鋭すぎはしませんか!?)

内心でぎくりとしながらも、一切顔に出さないまま首を横に振った。

「いいえ。何故《なぜ》そんな風に思われたのですか？」

「使用人の子供風情が、随分とお前に気安く接している」

「それは」

「私のことを、本人ではなく身代わりだと思っているようで」

リーシェは気まずい気持ちになりつつ、背伸びをしてアルノルトに耳打ちした。

「…………」

そう告げると、アルノルトがリーシェから顔を逸らす。

一見すると無表情だが、大きな手で口元を押さえている上に、その肩が僅かに震えているのを見逃さない。

「え!?　殿下、もしかして笑うのを我慢なさってます!?」

「……………していない」

「絶対嘘《うそ》でしょう!!　ちょっと、そっぽを向かずにこちらを見てください!!」

わあわあ言いながらアルノルトの周りを回っていると、レオがおろおろとリーシェに手を伸ばした。その顔を見ると、『身代わりなのに、皇太子にそんな態度を取って大丈夫なのか』という心配の色が窺《うかが》える。やさしい。

「……ともあれ。話がついたのだから、俺はそろそろ公務に戻る」

（誤魔化された!!）

だが、リーシェにも色々とやることがあった。午前中はミリアの手伝いに使ったので、午後こそ中断していた儀式を再開しなくてはならない。

（レオのことも。殿下に指導いただくことになったとしても、これで彼の未来が変わったとは思えないし）

そんなことを考えていると、中庭に人の気配が近づいてきた。

「アルノルト殿下。それに、リーシェさまも」

「オリヴァーさま」

オリヴァーが一礼し、レオの存在に目を向ける。少々悩むような素振りを見せたものの、そのままアルノルトの傍に立って進言した。

「お二方のお耳に入れたいことが」

「殿下だけでなく、私にもですか？」

なんだか嫌な予感がする。アルノルトも僅かに眉根を寄せ、オリヴァーに命じた。

「手短に話せ」

「それでは。……祭典の日程が延期になるかもしれません」

オリヴァーは、溜め息のあとで口にする。

「――ミリアさまのドレスを仕上げる針子たちが、病で倒れたと」

「……そんな……」

馬車に続いて二回目だ。

あの白いドレスという、『ミリアが拒んだもの』に対する事象への知らせに、リーシェは息を呑むのだった。

＊＊＊

「どうにも、針子たちが風邪を引いたようでしてね」

「……」

祭典準備の控え室で、ジョーナル公爵は苦笑しながらそう答えた。

大急ぎで駆け付けたリーシェは、呼吸の浅さを誤魔化すためにゆっくりと息をする。向かいの椅子に掛けた公爵は、軽く肩を竦《すく》めた。

「祭典が迫っていることを気に掛けて、仕事を頑張ってくれたのでしょう。そのせいで無理が祟《たた》ってしまい、四人全員が寝込んでしまったそうなのです」

「……大変痛ましく思います。針子の方々は、どのような病状なのですか？」

「どうにもひどい熱が出て、体が重いと言っているようですが」

あまり良くない知らせを聞き、眉を下げる。そのあとで、部屋の隅に立つレオへと目を遣った。

小間使いとして主人の傍に控えているレオは、いささか不機嫌そうだ。けれどもそれは、アルノルトからの剣術指導が延期になった所為《せい》ではないように見える。

リーシェは視線を戻し、向かいの椅子の公爵に尋ねた。

「ドレスが間に合わないかもしれないとなれば、ミリアさまは悲しんでいらっしゃるのでは？　お慰めしたいのですが、どちらにおいででしょうか」

「そ、それは」

公爵が言い淀んだ直後、愛らしい少女の声がする。

「平気よ、リーシェさま」

「ミリアさま？」

現れたミリアは、落ち着いた雰囲気を纏《まと》っていた。

とても大人びたまなざしだ。つい今朝方、髪型が思うようにいかないと泣きそうになっていた少女とは、まるで別人のようだった。

そしてその背後には、ふたりの男性を連れている。

ひとりはシュナイダー司教であり、もうひとりは老人で、その胸にはシュナイダーよりも高い格式を示す金色の文様が刺繍《ししゅう》されていた。

リーシェは立ち上がり、一礼しながら考える。

（この方が、いまの大司教さま）

別人生のリーシェが知っているのは、彼の次代である大司教だ。

（大司教さまもシュナイダー司教も、私の見知った方ではないわ。つまりはおふたりとも、数年以内にこの大神殿からいなくなるということになるけれど……）

「あのね、リーシェさま」

顔を上げると、穏やかな笑顔を浮かべたミリアが目の前に立っている。

「私、反省したの。私が我が儘を言ったせいで、針子さんたちを急がせてしまったのだって」

「……ミリアさま」

「これから祭典まで、いい子に過ごすと女神さまに誓うわ。だからもう、リーシェさまに一緒にいてもらわなくても大丈夫」

その言葉に、リーシェはぱちりと瞬きをした。

ミリアの傍に立つ大司教も、穏やかな微笑みを浮かべてこう告げる。

「リーシェ殿。我が教団からもご協力を依頼してしまい、申し訳ございませんでした。ですが、ガルクハイン皇太子妃となられるお方のお時間を、これ以上頂戴するわけにはまいりません」

「とんでもないことです。ミリアさまのお手伝いはとても楽しく、是非ともご一緒させていただきたかったのですが」

「ありがとうリーシェさま。でも、心配しないで」

ミリアのあどけないその笑顔には、明確な拒絶が込められていた。

「ピンクのドレスじゃなくても、新しく急いで用意するドレスでも平気。祭典の日程を遅らせないのが最優先だわ！　そうでしょう？　シュナイダーさま」

「ええ、ミリア殿。あなたの仰る通りです」

「……」

リーシェはそっと屈《かが》み込み、ミリアに視線を合わせて告げる。

「分かりました、ミリアさま。祭典のお手伝いはもう辞めますね」

ミリアはどこか、ほっとした顔をした。

「ですが、これだけは知っていてください」

「なあに？」

彼女と過ごした過去の人生を思い浮かべ、リーシェは柔らかく微笑んだ。

「私は、元気いっぱいの我が儘をたくさん仰るミリアさまのことも、可愛らしくて大好きですよ」

「！」

その瞬間、蜂蜜の色をしたミリアの瞳が揺れた。

どこか泣きそうに見えたのは、リーシェの錯覚だったかもしれない。けれどもミリアはリーシェに背を向け、大司教を見上げる。

「大司教さま、シュナイダー司教さま、早く夕方のお祈りに行かなくちゃ。時間に遅れてしまっては、女神さまに失礼だわ」

「ええ。ではジョーナル閣下、参りましょう」

ミリアたちが控え室から出ていく中、司教のシュナイダーが、部屋の隅に立つ少年へ声を掛けた。

「何をしているのです、レオ。あなたもお祈りに同席なさい」

「……分かったよ」

じっと黙って成り行きを見守っていたレオが、不貞腐れた返事のあとで歩き始める。

リーシェとのすれ違いざま、彼は一度こちらを見上げるが、目が合った瞬間に逸らされてしまう。

「……」

ひとり残されたリーシェの元に、すぐさまオリヴァーがやってきた。

「リーシェさま。もうじき我が君がいらっしゃるので、こちらでお待ちいただけるでしょうか」

「アルノルト殿下が？」

中庭で針子が倒れた話を聞いたあと、リーシェはレオと一緒に聖堂まで戻ってきた。

一方のアルノルトは、オリヴァーから別件の報告を受けていたように見えたが、そちらの件は片付いたのだろうか。

やがて硬い靴音と共に、アルノルトが控え室を訪れる。彼はリーシェの顔を見ると、僅かに眉根を寄せた。

「オリヴァー、席を外せ。先ほど命じた件の準備を進めろ」

「承知いたしました。それでは」

オリヴァーが退室するのと入れ違いに、アルノルトがリーシェの向かいに腰を下ろす。

その手に筒状の紙を持ったアルノルトは、眉間に皺を寄せたまま尋ねてきた。

「どうしてそんな顔をしている」

「表情には、出していないつもりだったのですが……」

リーシェは素直に悲しい顔をして、自分の両手で頬を押さえる。

「ミリアさまのお元気がなさそうなのです。泣きそうなのを隠して、平気なふりをなさっているときのお顔だったのが、心配で」

アルノルトは小さく溜め息をつき、手にしていた紙の筒をリーシェへと放った。

「開いてみろ」

一体これはなんだろうか。

不思議に思いつつ、結ばれた紐《ひも》を解く。紙を広げたリーシェは、そこに書かれていた内容に息を呑んだ。

「これは」

最初に目に入ったのは、『調査報告』と綴《つづ》られた文字だ。

見覚えのある馬車の外観に、部品らしきものがばらばらに描かれた書面は、リーシェの推測を裏付けるような内容が記されていた。

（そのうち神殿を抜け出して、自分で調べに行こうと思っていたのに）

紙の中央部分には、とある部品が大きく描かれている。

馬車の前輪らしきものと、それを繋ぎ合わせる車軸だ。

「事故を起こしたジョーナル家の馬車は、前輪に細工がされていた」

「……っ」

心臓の鼓動が速くなったのは、馬車に細工がされていた事実に対してではない。

リーシェが動揺してしまったのは、『アルノルトが事故のことを調べていた』という点である。

「この馬車はジョーナル家のものではない。屋敷を出立する前日、あの子供が『白い馬車に乗る』と騒ぎ立てたからだそうだ。公爵は娘の要望を聞き、白い馬車を出すように手配している」

「……呪いなどではなく、誰かが故意に起こした事故だと、そう疑っていらっしゃったのですね」

「どうせお前も同様だろう？」

当然のように問われるが、すぐに頷くことは出来なかった。

この世界に不思議な力が存在すると、リーシェは身をもって知っている。自分が何度も人生をやり直しているように、他の誰かに人智《じんち》を超えた出来事が降りかかっていてもおかしくはない。

ミリアが『そう』である可能性を、リーシェは最後まで捨てきれなかった。

だが、その可能性が低いことは百も承知だ。現にアルノルトが調べた内容は、あの事故が人の手によって起こされたことを物語っている。

「そもそもが、元より奇妙だと思っていた」

アルノルトは、肘掛に気怠《けだる》げに頬杖《ほおづえ》をつく。

「二十二年前に先代巫女が死に、その妹も十年前に命を落としている。これによって巫女を務める人間がいなくなり、祭典は二十二年のあいだ行われていない」

「……はい。先代の妹姫さまは体が弱く、とても姉君の後任を務めることは出来なかったと」

巫女の血筋に生まれた女性は、その妹姫を最後にいなくなった。

現在では巫女の血を引くのは、男性が数人残るばかりだと言われている。女児の誕生を待つうち、祭典などの儀式は行えないまま月日だけが流れていったのだ。

「いまになって、理由なく『代理』などを立てるはずもない」

アルノルトの言葉には、一切の迷いがない。

「『信徒の声が大きくなり、祭典を形だけでも再開するために代理を立てた』などというのは詭弁《きべん》だ。女神の実在を信じる教団にとって、代理による儀式など意味がないからな」

それを聞いて、リーシェは確信する。

（アルノルト殿下は、最初から『あのこと』を疑っていたんだわ）

恐らくは、初めてミリアを見たときから。

（いくらアルノルト殿下であっても、いきなり見抜くはずはないと思っていた。……でも、考えてみればこの方は、聖詩の原典が読めるのだもの）

巫女姫たる資格を持つ人の特徴について、元から知っていたとしてもおかしくはない。現に目の前のアルノルトは、まっすぐにリーシェの瞳を見据えて言う。

「女神の血を引く巫女の少女は、花色の髪を持つとされている」

ミリアの髪は、淡い菫《すみれ》の色をしている。

春に咲く花のような髪色の、とても美しい色合いだ。

「一般的に知られる聖詩では、巫女のそういった特徴に触れてはいない。恐らくは、世間から『隠す』必要が出たときのために、敢《あ》えて原典とは異なる訳にしてあるのだろう」

「……今代のように、ですか？」

「やはり、お前も気が付いているじゃないか」

面白がるように指摘されたが、これにもやはり頷けなかった。

リーシェは『気付いた』訳ではない。正しくは、とうの昔に『知っていた』のだ。自然と呼び起こされたその記憶は、四度目の人生で耳にした懺悔《ざんげ》だった。

『ミリアは私の娘ではない。あの子は、さるお方からお預かりした大切な……』

亡くなった先代の巫女姫には、歳の離れた病弱な妹君がいたという。

巫女姫を務めることが出来ず、生涯のほとんどを神殿の中で過ごしたその女性は、命懸けでひとりの娘を産んだのだそうだ。

そうして隠し育てられた少女のことを、リーシェは大事に見守ってきた。そんな事実を知らないアルノルトが、淡々とした声音で告げる。

「あの子供は、本物の巫女たる資格を持った人間だ」

（……そして、それこそがきっと）

すべてを見透かすようなまなざしを、リーシェは真っ向から見つめ返した。

（未来のあなたが、お嬢さまを殺そうとなさった理由なのですね）

第四章

『お勉強は嫌！　今日は絶対にお菓子を食べるんだから、お勉強なんかしないわ！』

侍女だった人生で仕えたミリアは、度々こんな風に叫んでは、自室に閉じこもることがあった。

リーシェが持っている鍵開けの技術は、このために習得したものだ。ミリアの声音を聞いていれば、本当にひとりになりたくて閉じこもっているのか、甘えたくてそうしているのかがよく分かる。

この日は後者の方だったので、遠慮なく解錠して室内に入り、寝台の上でこんもりと丸くなった毛布を見下ろしていた。

『お嬢さま。昨日までは、あんなに頑張っていらっしゃったではありませんか』

侍女のお仕着せを纏《まと》い、髪をポニーテールに結い上げたリーシェは、毛布の塊に話しかける。

『来月の祭典で、大司教さまにクルシェード語のお手紙を書くのでしょう？』

『だって、朝起きたら嫌になっていたんだもの！　男の子たちは誰もクルシェード語を習っていないし、巫女《みこ》姫代理のお仕事は原典が読めなくても務まるわ。私だけこんなに大変なお勉強しなくてはいけないのは、もう嫌よ！』

もこもこの毛布から返ってきた言葉に、リーシェはううんと考え込んだ。

（クルシェード語は、大の大人ですら習得に時間が掛かると聞くものね）

ミリアはこのとき十二歳だったが、ここではまだ自分の正体を知らされていない。

リーシェが先に知っていたのは、父親である公爵から打ち明けられていたからだ。この家に来て一年が経《た》ったころ、「事情を知る味方をひとり、ミリアの傍《そば》に置いておきたい」と告げられた。

本物の巫女であるミリアにとって、クルシェード語の知識は必ず必要になる。だが、そんなことを知らされないままに勉強をさせられていては、辛《つら》いのだって当然だ。

『お嬢さま』

リーシェはそっとしゃがみこみ、話してみる。

『知識を得るということは、ご自分の武器が増えるということですよ。あるいは、世界が広がることだと言っても良いかもしれません』

毛布の中のミリアが、蹲《うずくま》ったまま考えている気配がした。

『普通には使われていない言語を学べば、普通では知ることの出来ない世界を垣間見《かいまみ》ることが出来ます。神話の人々がどのように生き、どんな夢を見て、なにを美しいと思ったのかを知りたいとは思いませんか？　ひょっとしたら女神さまが作った、素敵な恋の詩が存在しているかも』

『！』

このとき小さな初恋をしていたミリアが、ぴくりと肩を跳ねさせる。

『許されるのであれば、私もクルシェード語の授業に同席したいくらいです』

『リーシェも……？』

『はい。たとえばミリアお嬢さまが、私の先生になって下さったら嬉《うれ》しいのですけれど』

がばりと毛布を跳ね上げて、ミリアがきらきらとリーシェを見上げた。

『それってつまり、リーシェも一緒にお勉強をしてくれるということ？』

『もちろんです。その代わり、まずはお嬢さまにたくさん勉強していただかねばなりませんが』

『やるわ！　私がリーシェの先生だなんて、とっても面白そう！』

すっかり機嫌の直ったミリアが、寝台から降りてきてリーシェに抱きつく。

『ありがとうございますお嬢さま。それでは授業に行くためにも、朝のお支度をいたしましょう』

『ええ！　ベルンハルトさまにお会いするかもしれないから、今日もとびっきり可愛《かわい》くしてね』

『ふふ。仰せの通りに』

こんなやりとりがあったあと、ミリアは真面目に勉強へと取り組み、その日に習ったことをリーシェにも教えてくれるようになった。

だからこそ、リーシェはクルシェード語を読むことが出来る。ミリアと共に神殿へと出向き、その代の大司教たちと言葉を交わすこともあった。

しかし、それらはすべて、今とは違う人生の出来事だ。

＊＊＊

（お嬢さまが本物の巫女姫だというのが、世間に隠されていた理由。私も聞かされていなかったけれど、今回の人生で分かった気がするわ）

夕暮れ時、大神殿の片隅にある厨房《ちゆうぼう》の中で、リーシェは鍋を見つめていた。

火にくべられて煮えているのは、放り込んだいくつかの薬草だ。リーシェとアルノルトしかいない厨房は、リーシェがアルノルトにねだり、教団側に用意してもらった場所だった。

ゆっくりと鍋をかき混ぜながら、背中の向こう側にいるアルノルトへ尋ねてみる。

「アルノルト殿下は、呪いの存在を信じますか」

きっと、アルノルトは信じていないだろう。

質問するまでもない問いだ。そう思っていたリーシェに対し、思わぬ答えがあった。

「存在することにしておいた方が、都合の良い場面もある」

「……」

リーシェは後ろを振り返る。

厨房内の椅子に腰を下ろし、傍らのテーブルに頬杖《ほおづえ》をついたアルノルトは、リーシェの作業を無心に眺めていたようだ。

「都合、と言いますと？」

「人智《じんち》の及ばない力という概念は、民心を操作するにあたって効果があるからな。戦場においてはそれが顕著で、兵士の士気など簡単に左右できるほどだ」

「なるほど」

最初は意外に思ったものの、その答えは実にアルノルトらしい。

自分が信じる、信じないという以前に、彼にとっては戦術や政治の一種なのだ。

「公爵は恐らく、娘の『呪い』とやらを信じている。娘が本物の巫女であるが故に、他者を呪う力を持っていてもおかしくないと考えているのだろう」

「……そうですね。その上で、『呪いなど存在しない』ということを、第三者である私に主張したがっているように見えました」

それはきっと、ミリアの正体をリーシェに気づかせたくないからだ。

「馬車の事故だけであれば誤魔化せると判断したものの、針子が倒れた一件が重なった。妙な勘繰りをされる前に、お前を遠ざけたのだろう」

（それだけが、祭典の手伝いを断られた理由なのかしら）

リーシェは鍋の前から離れ、小さな鞄《かばん》に入れていた小瓶を取り出す。そして、テーブルの上に二本を並べた。

「これはなんだ？」

「昨日採取した毒薬です」

きっぱりと答えれば、アルノルトが小さく喉を鳴らして笑う。

「ぬいぐるみなどよりも、よほど面白いものが出てきたじゃないか」

「大神殿の周囲の森に、いくつかの罠《わな》が仕掛けられておりました。ハンカチで拭い取り、そのハンカチを水に浸したあと、沈澱《ちんでん》によって分離したものを採取しました」

右側の小瓶が、底に沈澱した薬。そして左側が、表面近くに浮いてきたものだ。

「左の小瓶は眠り薬。即効性があり、この量であれば成人男性でも数分で眠りに落ちます。基本的には、狩人《かりゅうど》が用いるものなのですが」

そう話すと、アルノルトが以前の出来事に思い当たったようだ。

「お前の祖国からガルクハインへの道中、盗賊に襲撃された際も同じような話をしていたな。あのときは痺《しび》れ薬だったが、用途としては似たようなものか」

「はい。というのも、獲物は暴れるほどにお肉の質が落ちてしまいまして。とはいえ即死してしまうほどの毒罠ですと、回収するまで血抜きができずに味が落ちます。ですので罠に獲物が掛かった後、回収するまでなるべく大人しく生かしておくために、このような薬を使うのだとか」

小瓶を手に取って、それをゆらゆらと揺らしてみる。

「先日の痺れ薬も、この眠り薬も、加熱すると毒素が飛ぶという点が共通しています。……ですがこちらの眠り薬には、もうひとつ特殊な特徴が」

「話してみろ」

リーシェは小瓶をテーブルに置くと、もう一方の小瓶を視線で示す。

「右側の小瓶に入っているのは、死に至る毒薬のようでした」

瓶に入っているのは、透明色に僅かな赤みを帯びさせた色合いの毒だ。

「致死量を体内に取り込めば、ものの数分で命を落とします。それに満たない量だとしても、すぐさま高熱とひどい倦怠感《けんたいかん》に襲われて、一週間は動けなくなるでしょう」

「……」

「ですがこの毒は、先程の眠り薬と拮抗《きっこう》し、『相殺しあう』のです」

「相殺、だと？」

アルノルトが眉根を寄せたので、リーシェは頷《うなず》いた。

「眠り薬の効用が、毒の作用を無効化します。――反対にこちらの毒薬は、眠り薬が効かないように抑えてしまう」

テーブルにある二つの瓶を、かちんと音を立ててくっつける。

「このふたつの薬を同時に摂取すると、しばらくのあいだは眠ってしまうこともなく、死んでしまうこともありません」

「まるで何事もなかったかのように、普段通りに過ごすことができると？」

「はい。けれども眠り薬の方は、ほんの数時間ほどで完全に吸収されて効果が切れます。そのとき、体内に残るのは毒薬だけ」

「つまり、毒が体内に入ってから数時間後に、なんの前触れもなく命を落とすということか」

アルノルトの察した通りだ。

「狩りに毒物を使うのは、ひどく凶暴な獣を相手にするときか、殺傷力の低い武器しか使えないときです。この森に凶暴な肉食獣の痕跡は少ないので、わざわざ罠に毒を仕込むような理由が見当たりません」

「だが、狩人の武器など弓くらいのものだろう？　投げナイフや弓などの武器は威力が弱い。それだけで獣を殺すのは難しいなら、毒を使うこともあるはずだ」

「実は、この毒は加熱でも無毒化されないのです。唯一の利点は、獲物がさほど苦しまないおかげで毛皮などに傷みが出ないことですが、そうだとしても眠り薬だけで十分のはず。それに」

そもそもが、リーシェにはもうひとつの疑念があった。

「……仕掛けられた罠から、金属の臭いがしました」

昨日、罠に塗られた薬の臭いを確かめたときに気がついたことだ。

「動物は鼻が利くもの。狩人は彼らに気づかれないよう、新しい罠は何か月も土に埋めたり、川の水に浸して臭いを消します。表面の薬液を拭ったハンカチに、金属の臭いが移るような罠を仕掛けるなど有り得ません」

「では、結論はひとつだな」

アルノルトは椅子に背中を預け、悠然と言う。

「その罠は動物相手でなく、人間を狙って仕掛けられたものだ」

「……」

本当は、突飛な考えだと否定してほしかった。

けれどもアルノルトに保証されては、リーシェも確信を持つしかない。

「端的に言えば、暗殺向きの毒罠とも言える。森に入った標的が罠に掛かったとしても、それ自体は単なる怪我《けが》として処理されるのだろう？」

「はい。神殿で傷の手当てを終えたころ、苦しむこともなく死に至るかと思われます」

「これが時差のない毒であれば、傷口から体内に入った瞬間に苦しみ始めるはずだ。すぐさま毒の存在に勘付かれ、他の人間が傷口から毒素を吸い出すだろうな」

「もっとも、このような猛毒を吸い出す処置はお勧めできませんが。たとえすぐさま吐き出すとしても、結局は猛毒を口に入れるということ。処置をした方まで命を落としてもおかしくはありません」

そういった応急処置ができるのは、せいぜい痺れ薬や眠り薬くらいだろう。薬師人生の師匠も言っていたが、リーシェも心から同感だ。

「お前の知っている解毒方法は、あの鍋でいまも煮込んでいるものか？」

「はい。眠り薬の元となる薬草を中心に、森を散策して集めたものです。時期的に量が少なかったため、ここにあるのは五人分で」

そこまで言うと、アルノルトはリーシェの要望を察したように溜《た》め息《いき》をついた。

「針子の四名に届けたいというのであれば、オリヴァーに命じて使いを出す」

「……ありがとうございます！」

一度はほっとするけれど、あまり楽観視することはできない。それについてはアルノルトも同意見だったようだ。

「発熱と倦怠感は、毒の量が致死量に満たないときだけだと言っていたな。針子の症状はそれに該当するようだが」

「毒を飲んだり傷口から入ったりしたのではなく、皮膚から吸収されたのだと思われます」

倒れた四人の針子たちが、全員触れたであろうものは明白だ。

「……ミリアさまのドレスに、同様の混合毒が塗られていたのではないかと」

今朝のミリアは言っていた。ドレスを染めるのが楽しみで、少しでも早く届けてもらうために、試着はせずに調整に出したのだと。

「小さな子供にとっての致死量は、大人の女性よりも少ないものです。ミリアさまが昨日ドレスを試着なさっていた場合、肌から毒が回って、命を落とされていたかもしれません」

リーシェに髪を梳《と》かされて、リボンに喜んでいたあのミリアが、亡くなっていたかもしれないのだ。その事態を想像すると、背筋がぞくりと凍りつく。

「私が、ミリアさまにドレスの試着を促したせいで」

ともすれば声が震えそうになるのを堪《こら》え、リーシェは小さく呟《つぶや》いた。

一歩間違えれば、最悪の事態に陥っていたかもしれないのだ。そんな考えに呑《の》まれかけた瞬間、アルノルトが言った。

「──訪れてもいない未来を想像し、それに怯《おび》えるようなことはやめろ」

「！」

はっきりとした言葉に、リーシェの肩がびくりと跳ねる。

「殿下」

淡々としているのに、力強い言葉だ。

アルノルトはまっすぐにリーシェを見て、こう続けた。

「間違えるな。お前が思い浮かべたのは可能性の一端でしかなく、実際には存在していないものだ」

「……っ」

「お前が恐れたようなことは、断じて起きてはいない」

それはすでに、回避することが出来た事象なのだ。

そんな風に言い切られて、リーシェはゆっくりと息を吐き出す。

「針子の件もそうだ。お前の行動にかかわらず、仕立ての最終調整は決行されていただろう」

「……」

「リーシェ」

促すように名前を呼ばれて、リーシェはこくりと頷いた。

「分かりました。解毒剤を完成させて、一刻も早くお針子さんにお届け出来るようにしたいと思います」

「それでいい」

まるで、『上出来だ』とでも言いたげな声音である。

思わず眉を下げてしまうが、あまり落ち込んでもいられないのは確かだった。

（アルノルト殿下は、お嬢さまを……）

目の前にいるアルノルトのことを、やさしい人間だと信じている。

だが、アルノルトの中にある何がしかの『目的』は、そのやさしさを粉々に砕いてでも達成されようとしているものだ。

だからこそいまから五年のあと、アルノルトはミリアを殺すために軍隊を動かす。

ミリアの命が狙われているらしき今、リーシェがそれを回避しようと動いたって、アルノルトがどう出るかは分からない。あるいは、敵対する姿勢を見せる可能性もあった。

「ジョーナル閣下に、ミリアさま暗殺の動きがあることをお伝えしたいと思います。ミリアさまをお守りするためには、親権者であるジョーナル閣下の判断が必要ですから」

勇気を出して告げれば、アルノルトはわずかに目を伏せる。

「そうだな。少なくとも、呪いなどを警戒させるよりは有意義だろう」

そう答えてくれたことにほっとして、リーシェは椅子から立ち上がった。

「ミリアさまや閣下のお祈りが終わるまでに、解毒剤を完成させますね。お手数ですが、こちらのお届けを手配いただければと」

「分かった」

ドレスの袖をまくりなおして、ちょうどよく煮詰まった鍋の前に戻る。

上手《うま》くいっていることを確認した後は、用意していた五本の瓶へと移し替えた。

本来ならば流水で冷ましたいところだが、時間はなるべく掛けない方がいい。輸送中に冷め切るだろうと期待して、五本の瓶をアルノルトに託す。

「それでは、私は客室棟に向かいますね」

「ああ。……極力迅速に運ぶよう、御者に命じておく」

「ありがとうございます、殿下」

深々と頭を下げたあと、リーシェはアルノルトと反対方向へ歩き出した。

客室棟へと辿《たど》り着いたリーシェは、ジョーナル公爵とミリアの部屋がある階の廊下で、彼らの帰りを待つことにする。

（本当なら、お祈りをしたはずの大聖堂に向かえばいいのかもしれないけれど）

そちらを目指さないのは、シュナイダーたちの動きが気になるからだ。

（暗殺疑惑の件は、ひとまずジョーナル閣下にだけお伝えしなければ。許されるなら、ずっとお嬢さまの傍でお守りしたいくらいだわ）

とはいえリーシェが接近することは、遠回しに断られたばかりだった。教団側へ怪しまれず傍にいるなんて、難しいだろう。

（いっそのこと、私に対する偽装の暗殺事件でもでっちあげて、神殿にいる要人全員の警備を強化するのはどうかしら？　……駄目ね。暗殺の危険がある私が神殿から追い出されて、安全なガルクハインへ戻るように言われそうだわ）

そんなことを考えていると、すぐに時間が経ってしまう。

（少し、お嬢さまたちのお戻りが遅いような）

そんなことを考えたとき、ちょうど小さな足音が駆けてくる。ミリアの足音かと思ったが、すぐに違うと気がついた。

（この足音は、レオのものだわ）

リーシェが想像した通り、レオが階段を駆け上がってくる。息を切らした彼の顔は、ひどい焦燥に染まっていた。

「ミリアお嬢さまがここに来たか!?」

「！」

その問いに、リーシェは首を横に振る。

「いいえ、まだお戻りではないわ。ひょっとして、ミリアさまの行方が分からないの？」

リーシェに問い掛けられたレオは、くしゃりと表情を歪《ゆが》めた。

「お祈りのあと、大人は大聖堂に残って話し合うことがあるから、俺が部屋まで送るように言われたんだ。……途中でリボンが風に飛ばされて、泣きそうな顔をしてたから、俺がひとりで取りに行っているあいだに」

「まさか」

背筋が冷たくなるのを感じる。

レオを怯えさせないように、それでも慌てて彼に尋ねた。

「ミリアさまから離れる間際に、誰か近づいてこなかった？」

「それはない。近くに誰の気配もなかったって言い切れる、だけど」

「けど？」

「……部屋までの道を歩きながら、俺が育った孤児院のある場所を聞かれたんだ。だから、ちょうど東の森の向こう側にあるんだって説明した」

その瞬間、リーシェはすべてを理解した。

「先に部屋に戻ってないかって、そう期待したけど」

ミリアは当然、大人しく帰ろうとなんてしていない。そう確信して、リーシェは覚悟を決める。

「お願いレオ。あなたはこのまま大聖堂に走って、信頼できる人たちにこのことを伝えて。可能であれば、執務棟の近くにいらっしゃるはずのアルノルト殿下にも話して欲しいの」

「でも、俺は森にあいつを探しに行かないと……」

「森にはこのまま私が行くわ！」

「！」

森にはたくさんの罠がある。レオよりも、リーシェが向かった方が安全だ。

ミリアの身に何かが起こる前に、彼女を迎えに行かなくては。

「……お願いね」

「――っ」

レオからの返事を待たないまま、リーシェはすぐさま駆け出すのだった。

夕陽《ゆうひ》が周囲を赤色に染める中、大神殿の回廊を東へと駆ける。辺りが完全な暗闇へと浸されてしまう前に、リーシェは森の中に踏み込んだ。

（子供の足跡。レオのじゃない、女の子の靴！）

地面に残された痕跡を見つけ、浅い息をつきながら顔をしかめる。

（やっぱり、お嬢さまはこの森の中に……）

焦りのままに動きたくなるが、それでは痕跡を見逃してしまう。浅い呼吸を落ち着かせながら、リーシェは森の中を観察した。

土が露出しているのは一部であり、地面は落ち葉に覆われている。足跡は数個ほどしか残されていないが、リーシェは迷わずに歩き始めた。

足跡のつまさきは、東の方角に向いている。

ミリアはこちらに進んだはずだ。草についた真新しい踏み跡や、わずかな手掛かりを頼りに、それを辿った。

人間という生き物は、動物の中では大型の部類に入る。

忘れがちなことではあるけれど、たとえ子供のミリアであっても、森にいる大半の動物より背が高くて体重は重い。

だからこそ、落ちた枝の踏み跡や、破れた蜘蛛《くも》の巣といった情報を利用することが出来るのだ。

(落ち着いて、冷静に、確実に。アルノルト殿下が動かしてくださるはずの捜索者に、私の歩いた跡が分かるようにしながら)

草地の掻《か》き分け方や、蜘蛛の巣が破られた名残。靴もしくは蹄《ひづめ》で踏み折られたような木の枝に、誰かが転んだような跡。

大型動物の痕跡と、人間の子供によるものであろう痕跡を見分けながら進んでいく。

(何か少しでも間違えたら、手遅れになるかもしれない……)

嫌な想像が浮かび上がるが、深呼吸でそれを押し殺した。

やがて、菫《すみれ》色をした髪の毛が木の皮に引っ掛かっているのを見つける。方角が合っているのを安《あん》堵《ど》すると同時に、新たな懸念も湧き上がった。

(私とレオが歩いたのは、この辺りまで。この先にある罠のことは、把握できていない……)

そのとき、動物のものとは違う気配を感じ取った。

(見つけた！)

リーシェからいくらか離れた場所に、少女の小さな背中がある。

間違いなくミリアの姿だった。ミリアは木の根元に座り込み、手の甲で何度も目元を拭っている。

その姿を見て、胸の奥がぎゅうっと締め付けられた。

「ミリアさま！」

「！」

びくりと肩が跳ねたあと、遠くのミリアがこちらを見た。

こんなに薄暗い森の中、ずっとひとりで泣いていたのだろうか。リーシェは急いで彼女の元に向かい、その無事を確かめた。

「ミリアさま、お怪我は!?」

「リーシェさま……!!」

小さな手が伸びてきて、リーシェにぎゅうっとしがみつく。

「痛いところはありませんか？　足を挫《くじ》いたり、どこか怪我をなさった場所は？」

ミリアはふるふると首を横に振った。その返答にほっとして、抱きしめたミリアの頭を撫《な》でる。

「よかった……」

リーシェの呟いた言葉に、ミリアが泣くのを堪えた気配がする。代わりに紡がれたのは、震える声での問い掛けだ。

「どうして、私にやさしくしてくれるの？」

「どうして、とは？」

「だって、私は悪い力を持っているのに。リーシェさまだって、危ない目に……」

リーシェは瞬きをして、ミリアからそうっと体を離す。その顔は、やはり泣き出しそうに歪んでいた。

「ミリアさまは、私のことを好きでいて下さっていると思ったのですが」

「あ、当たり前だわ!!　大好きに決まっているじゃない！」

「ふふ、嬉しい。……それでしたら、ミリアさまに呪いの力があったとしても、私は大丈夫なのではありませんか？」

そう言うと、ミリアが俯《うつむ》いて肩を震わせる。

「でも、あのときママは死んでしまったもの……！」

蜂蜜色をした瞳から、ぽろぽろといくつもの雫《しずく》が溢《あふ》れた。

「私がいっぱい怒られた日、『ママなんて嫌い』って叫んだの。その夜にママが倒れちゃって、そのまま帰ってこなくって」

くしゃくしゃに顔を歪め、ミリアは続ける。

「私があんなこと言ったから。こんなに悪い力を持っているのに、本当はいまも大好きなのに。なのに、私のせいでママが！」

リーシェが侍女だった人生でも、ミリアは母の死についてあまり言及しなかった。

語りたくないような表情をしていたから、リーシェも敢《あ》えて触れることはなかったのだ。

その理由がまさか、こんな傷を抱えていたからだということに、気が付けていなかった。

「あ、あのね、リーシェさま」

溢れる涙と同調するかのように、ミリアは必死に言葉を紡ぐ。一度話し始めたら、堰《せき》を切ったように止まらなくなったらしい。

「私、パパに嫌いになってもらおうって思ってたの。ママのときみたいなことを起こさないためには、私がパパから離れたらいいでしょう？」

「それは……」

「だから我《わ》が儘《まま》を言わなきゃ、困った子供にならなくちゃって決めたわ。パパが私を嫌いになれば、私を孤児院に返すはずだもの！」

ぐすぐすと鼻を鳴らしながら、ミリアは目元を何度も拭う。

「……パパのことが大好き」

父親を拒絶するような言動を繰り返していたミリアが、震える声でそう言った。

「私の所為《せい》でパパが死んじゃうくらいなら、私を嫌いになって追い出してくれた方がずっと良い。傍にいられなくなってもいいから、パパに元気でいてほしくて、それで」

「ミリアさま……」

「いままでは大丈夫だったの。私が本当は怒ってないときには、何かを『嫌い』って言っても呪いは起きなかったわ。だけど昨日の馬車も、今日のドレスも、私の所為で」

目元を擦《こす》ろうとするミリアの手を、リーシェはそっと包み込んだ。

「それで先ほど、『全部の我が儘をやめる』と仰《おつしや》ったのですね」

「……」

小さな頭が、こくん、と頷く。

どうやらあれは、教団側に何かされたという訳ではないようだ。ミリアが自分で精一杯に考え、これ以上誰も傷付けずに済むようにと、そのために出した結論だったのだろう。

「私の本当のパパとママはきっと、呪われている子だから私を捨てたの。……レオのときみたいに、シュナイダー司教がパパに頼んで、それでパパの家の子になったのよ」

リーシェはそれで腑《ふ》に落ちる。

昼間にレオと食事をしたとき、ミリアはレオに言っていた。『血が繋《つな》がっていないんだから、不用意にお父さまなんて言い方をしてはいけない』と。

レオとシュナイダーに対する言葉にしては、ミリアらしからぬ冷たさがあった。けれどもあれは、他人に向けたのではなく、ミリア本人の内省だったのだ。

（お父君と血が繋がっていないことを、すでに気づいていらしたのだわ）

だからこそ、本来ならば公爵と距離を置くべきなのだと、自分自身に言い聞かせたのだろう。

「だけど、パパはすっごくやさしいの。本当の子供じゃない私を育ててくれたパパに、全部の『大好き』を返すなら、追い出されるのを待つのでは駄目って思って」

「それで、レオから孤児院の場所を聞き出して、ご自身から出て行こうとなさったのですか？」

「う……」

ミリアはリーシェの目を見つめ、わあわあ泣きながら叫んだ。

「リーシェさまに結んでもらったリボン、わざと飛ばしたりしてごめんなさい……！」

「……」

涙でぐしょぐしょになったミリアの体を、改めてぎゅうっと抱きしめる。

「ごめんなさいと申し上げるのは私の方です。『お嬢さま』」

「ひっく、う、うえ……」

「あなたが時々かなしい顔をなさっていたのに、こうして撫でて差し上げることが出来なかった。

――本当に、最期まで」

ミリアをそっとしておくだなんて、そんなことをしなければよかった。

ひとりになりたいと拗《す》ねられても、いっぱい彼女を抱きしめて、「どうしてそんなにかなしいのですか」と聞いてあげられれば良かったのだ。

「お父さまを守りたくて、ずうっと頑張っていらしたのですね」

「ふえ、え……っ」

「ミリアさまは素敵なお嬢さまです。出て行ってしまうなんてことを仰っては、お父君はたくさん泣いてしまわれますよ」

「っ、パパが……？」

想像が出来ないというその声音に、リーシェは微笑《ほほえ》んで頷いた。

事実ジョーナル公爵は、ミリアの結婚前夜など、滂沱《ぼうだ》の涙を流して大変だったのだ。血の繋がりの有無なんて、あの人に関係あるわけがない。

「お父君のところに帰りましょう、ミリアさま」

だが、ミリアはそれでも首を横に振る。

「……駄目だわ、帰れない……！」

「ミリアさま」

「大好きな人の傍になんかいたくない！　パパじゃなくて、ママでもなくて、誰よりも私が死んじゃえばよかったのに……!!」

「ミリアさま!!」

渾身《こんしん》の力で押しやられ、ミリアから少し離れたその瞬間。

（……？）

何かを弾《はじ》くような音がした。

金属をぶつけて鳴らすような、硬い響きを持つ音だ。反射的に視線を巡らせたリーシェは、ミリアの靴の踵《かかと》に気がつく。

すると、一センチほどのヒール状になった踵には、ごく細い紐《ひも》のようなものが絡みついているではないか。

（まさか）

一連の思考が巡ったのは、ほんの一瞬の出来事だった。

ミリアがここで泣いていた理由と、高い位置での金属音。彼女が転んでしまったのではないかという推測に、紐を使ったとある技術。

「……！」

かつての人生で見たものの中に、標的の足に絡みつき、紐が引っ張られた方向に『目標』を定める罠が無かっただろうか。

あれは確か、毒矢による仕掛けだ。

「駄目!!」

リーシェは咄嗟《とっさ》に手を伸ばす。

ミリアの肩を掴《つか》み、覆い被《かぶ》さるように抱き締めて、彼女を腕の中に閉じ込めた。

「────……っ!!」

その直後、首筋に痛みが走る。

火を放たれたように感じたけれど、それは反射的な錯覚だ。ぐらりと視界が大きく歪み、手をついた地面に爪を立てる。

ギリギリで躱《かわ》し切れず、皮膚の表面が裂かれた首筋から、赤い雫がぽたぽたと落ちた。

「リーシェさま!!」

地面には、リーシェの肌を掠《かす》めた矢が突き刺さっている。

矢尻に塗られている薬の色合いは、リーシェにも見覚えのあるものだ。

（他の罠と同じ、混合毒……！）

ぎゅうっと奥歯を食いしばり、自分の首筋を確かめる。ぬるりと指先が滑るのは、血のせいだ。

(矢は掠っただけ。首に怪我をしてこの程度の出血なら、傷は大したことがない。問題は)

入り込んでしまったであろう、混合毒の方だ。

「……っ」

ぐにゃりと思考が歪み始め、意識の飛びそうな心地がした。

だが、それが猛烈な眠気であることを理解して、僅かに安堵する。

(いまはまだ、花蜜の毒が作用していない)

この混合毒には、『毒と拮抗し、相殺しあう』即効性の眠り薬が混ぜられている。

眠り薬が体内に吸収されるまでのあいだ、毒薬が作用することはないはずだ。そして、リーシェに現れた症状は、吐き気や苦しみでなく強い眠気だった。

(拮抗ではなく、眠り薬の方が優勢。……きっとこの混合毒は、花毒よりも、眠り薬が多く含まれた調合で)

打開策を導き出したいのに、思考が切断される。それを必死に繋ぎ合わせながら、地面に蹲った。

血の雫がぱたぱたと落ち葉を叩《たた》く。それを見たミリアが震えながら、それでも立ち上がってこう叫んだ。

「り、リーシェさま、待ってて！　私、すぐに誰かを呼んでくるから！」

「っ、いけません……おひとりで、動いては……！」

息が切れ、大きな声を上げることが出来ない。ミリアの足音が遠ざかるのを聞きながら、必死に自分を叱咤《しった》する。

（なんて失態。お嬢さまの前で血を見せて、あんなに心配を掛けて）

自分がミリアの憂いになることは、絶対に避けなくてはならない。幼い子供の傍にいるなら、その身の安全だけではなく、心まで全部守らなければならないのに。

（眠っては駄目。意識を保って、行動して、少しでも足掻《あが》く時間を延ばすの!!）

解毒に使える薬草はない。だって、作った解毒剤はいまごろ馬車の中だ。針子の四人に送るものの予備として、五本のすべてを運ぶように手配してもらった。輸送中の破損や万が一の紛失に備え、余分な量を用意するのが原則だからだ。

『あの人』はリーシェが頼んだ通り、運送の手配をしてくれているだろう。そこまで考えて、一体誰にそんな手配を頼んだのか分からなくなる。

だが、そんなことを思い悩むのは後だ。

（傷口。せめて、傷口周辺の皮膚に残っているはずの毒を、除去しなきゃ）

ひりひりと摩擦熱のように痛むのは、皮膚についたままの毒のせいだ。

花蜜による毒は、皮膚に塗って三十分もすれば体内に吸収される。体内に入る毒が増えれば、たとえ解毒が上手くいっても、後遺症に繋がる可能性があった。

（水はない。縛ることも出来ない部位。口で吸い出そうにも届かない。そうなると残りは……）

額を地面に押し付けて、蹲った姿勢のまま足へと手を伸ばす。

震える指を使い、太ももにベルトで留めた短剣をどうにか外した。両手を使えそうもなかったので、鞘《さや》を口に咥《くわ》えて刃を引き抜く。

(新しい血液で、洗浄を)

それしか今は、方法がなかった。

細心の注意を払いながら、刃先を皮膚に当てようとする。だが、太い血管を避けたいのに、意識が揺らいで目標が定まらない。

「っ!」

手の力が抜けてしまった瞬間に、握っていた短剣が地面へと落ちた。

(しっかりしないと……! 他に応急処置の方法はないんだから。侍女である私が、お嬢さまの心に傷を作るなんて絶対に駄目——違う、いまの私は侍女じゃないのに! ハクレイ師匠を起こさないと。けれども今回は、錬金術師としての人生だったはずで……)

ぐらぐらと『何か』が混濁していく。はあっと息を吐き出して、傍に落ちた短剣に手を伸ばした。

(お嬢さまが助けを呼びに行って下さったとしても、教団の人は禁忌の森に入れない。……自分で処置をしなきゃ、教団を敵に回してでもこの森まで来てくれる人は、誰も……)

何かに考えを否定されて、蹲ったリーシェは眉を顰《ひそ》める。

(どうして、アルノルト・ハインの顔が浮かぶの)

あの皇帝は、リーシェが騎士として仕える国に戦争を仕掛けた男なのだ。

そんな風に思おうとしたけれど、違和感はどんどん強くなる。早急に『処置』をしないといけないのに、世界がぐらぐらとひどく揺れた。

（皇帝アルノルト・ハインは、ザハド陛下の敵。……コヨル国を滅ぼし、各国の王族を処刑した人。お嬢さまや王子殿下を殺そうとし、隊長やヨエル先輩を殺した暴虐の皇帝。……世界戦争を仕掛け、大勢を死なせた冷酷な男で、……意地悪で……）

傷口がずきずきと脈を打ち、熱を帯びたような感覚が強くなる。

地面に両手をつき、どうにか上半身を起こそうとしながらも、その人物のことを脳裏に描いた。

（……剣術の型が、美しい。姿勢も綺麗《きれい》で、ご公務を的確にこなしていらっしゃる。人に対して真摯に向き合い、思慮深いのに大胆だけれど、時々とっても怖がりのように見えるわ）

落ち葉を踏むような音がする。

けれどもいまのリーシェには、その音が上手く拾えない。ほとんど霞《かす》みそうな意識の中で、鮮明なことなどごく僅かだ。

たとえば『彼』の黒髪や、海色をした瞳のこと。

リーシェを呼ぶときの柔らかい声や、このところするようになった髪への触れ方。リーシェを見て呆《あき》れているときのその顔や、ごくたまに笑うときの表情。

（私自身という存在を、いつも真《ま》っ直《す》ぐに見ていて下さる。嘘《うそ》つきなのに、本当は嘘つきなんかじゃなくて、心の内側はすごくやさしい人。私が結婚する、私の……）

リーシェはゆっくりと顔を上げる。

泣きたい気持ちになりながら、目の前に立っていた人物の姿を見つめた。

「……だんなさま……」

「――……っ」

アルノルトが息を切らしている。

彼が呼吸を乱すところなど、これまでに一度も見たことがない。こちらを見下ろしたアルノルトは、忌々しげな表情で舌打ちをしたあと、座り込んだリーシェの肩を強く掴んだ。

「！」

無理やりに引き起こされ、背後にあった木の幹に背中を押し付けられる。

そうかと思えばアルノルトは、リーシェの肩口を掴んだまま、血の滴る首筋に噛《か》みつくではないか。

「うあ……っ!?」

じゅくり、と強く吸われた音がする。

奇妙な感覚に身を竦《すく》め、一拍置いて青褪《あおざ》めた。アルノルトがリーシェの首筋に噛みついて、毒を吸い出してくれたのだ。

それを理解して、体が強張《こわば》る。

「や……っ」

吸い出した血液を地面に吐き出し、彼は短く息をした。

再びリーシェの首筋へ口付けようとするアルノルトに、力を振り絞って抵抗する。

「アルノルト殿下、だめ、駄目です……!!　そんなこと、したら……！」

「……」

必死の抗議など聞き入れず、アルノルトはリーシェの傷口を吸う。

掴まれた手首にアルノルトの指が食い込み、背後の木へと縫い付けられて、リーシェの拒絶は抑え込まれた。

「殿下、おねがい、離して……！　毒だから駄目、あなたの口に入れないで、危ないから……っ」

「うるさい」

低い声が言い放ち、ぎらぎらした双眸《そうぼう》に睨《にら》みつけられる。

アルノルトが、今世のリーシェを本気で睨んだことなんて、今日このときが初めてではないだろうか。

「今回ばかりは、お前の願いも聞いてやれない」

綺麗な形をしたくちびるが、赤い色の血で濡《ぬ》れている。

アルノルトはそれをぐっと手の甲で拭うと、掠れた声で囁《ささや》くのだ。

「言ったはずだ。……お前が死ぬのは許さない、と」

「ひ、う……！」

噛みつかれ、荒々しく吸われた。

熱いのか痛いのか分からない感覚と反対に、皮膚に残っていた毒液の痺れがやわらいでゆく。けれども安心なんて出来なくて、心の中がぐちゃぐちゃだ。

（どうして。……あなたに危ないことをしてほしくないのに、嫌なのに。それなのに、こんなことでは）

泣きたい気持ちになるけれど、それ以上にくらくらと眩暈《めまい》がする。体の力が入らなくて、何もかもを保っていられなくなった。

（……ああもう、これでは、本当に）

世界が揺らぐ感覚を受けて、リーシェはゆっくりと目を閉じる。

（まるで、死んでしまったときみたい……）

覚えのある感覚に意識をさらわれ、温かい海の中に沈んでいった。

第五章

眠っているとき、過去に過ごした人生のことを夢に見る。

その日にリーシェが眺めたのは、騎士だった人生のときの記憶だ。

体の痛み。流れ落ちる血と震える腕。痛いくらいに心が軋《きし》み、それでも守るべきものを守ろうとした、『最後』の一日の夢なのだった。

『殿下たちを例の場所へ、一刻も早く!!』

『我らの光、我らの主! 命を懸けて守り切れ、たとえ死んでも道を繋《つな》げ!!』

あちこちに剣戟《けんげき》の音が散り、喊声《かんせい》が響き渡る。火花すら爆《は》ぜるほどの激しい戦いで、仲間たちが次々に死んでゆく。

この絶望を連れてきたのは、敵軍を率いる人物だ。

(アルノルト・ハイン)

血に濡《ぬ》れた剣を握り締め、リーシェはその男を睨《にら》みつけた。

暗く濁った青色の瞳が、ゆらりとこちらに向けられる。それだけで、本能が『逃げろ』と警告を発した。

恐ろしいほどに整ったその顔立ちは、リーシェが慕った人々の血で汚れている。

彼は表情のひとつも変えない。それなのに、なんの感情も見えない殺気が突き刺さる。

だが、その場の空気が支配され、呼吸すら難しいほどの緊張感に痺《しび》れても、『あれ』から背を向けるわけにはいかない。

(陛下も隊長も団長も、みんなあの男に殺された。……ヨエル先輩も、私を庇《かば》って……)

短く息を吐き出して、ぎりっと剣を握りしめる。

無残に殺されても良い。せめて王子たちを逃がさなければと、それだけを願って戦ったのだ。

『……っ』

彼の時間を奪うため、リーシェは必死に斬り結んだ。

リーシェ以外の騎士たちも、次々にアルノルトへ攻撃を仕掛ける。それらは容易《たやす》く薙《な》ぎ払われ、亡骸《なきがら》の山が増えていって、生き残った人はいなくなって。

アルノルト・ハインの切っ先は、やがてリーシェの心臓をも貫いた。

そこで終わった人生の、最後のほんの一時の夢だ。

けれど、意識が崩れて溶ける瞬間、アルノルト・ハインが耳元で囁《ささや》いたことを思い出す。

『────……』

(……ああ)

曖昧な記憶だったその部分が、一瞬だけ鮮やかに蘇《よみがえ》った。

(彼はあのとき、確かにこう口にしたのだわ)

理解した瞬間に、この夢で見たすべてを忘れ、記憶がゆるゆると解けていく。

誰かが、頬を撫《な》でてくれたのだ。

その感覚と引き換えに、リーシェはゆっくりと浮上した。

＊＊＊

その手は、リーシェを眠りから揺り起こすように、それでいてやさしく頬に触れていた。

熱の有無を確かめているかのように、丁寧に丁寧に頬を撫でられる。誰の手なのかは分からないけれど、随分と心地の良い触れ方だ。

それが離れてしまう感覚と共に、ゆるゆると目を開く。

「……？」

夜の闇と静寂に満ちた部屋の中で、リーシェはぼんやりとそちらを見上げた。

「アルノルト、殿下」

「……」

リーシェが寝かされていた寝台の傍らに、アルノルトが座っている。

彼の名前を呼んだのだが、アルノルトは何も言わないままだ。その整った顔立ちは、眉根を寄せていても美しい。

眠っているリーシェを起こしたのは、間違いなく彼の手なのだった。だが、ここが大神殿の客室なのは分かるとして、何故《なぜ》アルノルトが傍《そば》にいるのだろう。

そこまで考えてみたところで、ようやく先ほどの現実を思い出した。

「殿下、具合は……？」

掠《かす》れる声で尋ねると、アルノルトは眉間の皺《しわ》を深くする。

「起きてすぐ、俺の心配をしている場合か」

「だって」

言葉を紡ごうとするのだが、体が火照って怠《だる》かった。高い熱が出ているときのように、どこもかしこも熱くて重い。

アルノルトは溜《た》め息《いき》をひとつ零《こぼ》し、リーシェの背中に腕を回す。

「う……」

起き上がるように促されているのだが、どうにも力が入らない。結局ほとんどアルノルトに支えられる形になりながら、寝台の上で身を起こす。

リーシェの背中に片腕を回したアルノルトは、もう片方の手でサイドボードに手を伸ばした。

蓋が空いたままの小さな瓶は、もちろん見覚えのあるものだ。アルノルトはその瓶を持つと、飲み口をリーシェのくちびるに、ふにっと当てる。

「たったいま戻ってきたものだ。飲め」

「……」

きゅっと口を閉じ、自分の口元を手のひらで覆えば、アルノルトがますます渋面を作った。

「飲めと言っている」

「……いけません。この解毒剤は、アルノルト殿下が飲んでください」

青色の瞳を見上げ、必死の思いで懇願する。

「私より、アルノルト殿下の御身の方が大事です」

「………………」

その瞬間、彼の双眸《そうぼう》が冷ややかな光を帯びた。

アルノルトはリーシェから瓶を遠ざけると、黙って解毒剤を呷《あお》る。その様子を見て、リーシェは素直に息をついた。

（よかった。これを飲んで下されば、殿下は大丈夫）

アルノルトは、五本作った解毒剤のうち一本を戻してくれたのだろう。

残る四本を受け取った針子たちのほうは、大丈夫だったろうか。高い熱が出て辛《つら》かっただろうが、後遺症などが残らないと良い。

そんなことを考えながら、ぼんやりとアルノルトのことを眺める。しかし、形の良い喉仏は、嚥《えん》下《げ》に動く気配がない。

回らない頭で不思議に思った瞬間、アルノルトに突然顎《おとがい》を掴《つか》まれ、彼の方を向かされる。

そして、いささか強引な口付けをされた。

「んう……っ!?」

リーシェのくちびるは開かされ、甘ったるい薬が流し込まれる。

意図に気が付いて抵抗しても、腕に力が入らない。

（駄目！　この解毒剤は、アルノルト殿下の……）

そう思うのに、アルノルトはリーシェを離してくれなかった。

逃げようとする腰を引き寄せられ、喉を逸《そ》らすように顎を上げさせられる。そんなことをされてしまっては、本能的な反射で飲み込むしかない。

抗《あらが》おうとしたのも虚《むな》しく、リーシェはこくんと喉を鳴らした。

「っ、は……」

飲み込んだのを確かめられた後、ようやく解放される。

リーシェはくしゃりと顔を歪《ゆが》め、途方に暮れた気持ちでアルノルトを見上げた。

「どう、して」

「……」

自分の口元を手の甲で拭ったアルノルトは、続いてリーシェのくちびるを親指で拭う。

そうする手つきはやさしいものの、瞳には苛立《いらだ》ちが燻《くすぶ》っていた。

「言っておくが、俺はいま腹を立てている」

「……っ」

額同士をごつりとぶつけるようにして、アルノルトが至近距離から睨んでくる。

「手荒な真似《まね》を謝罪するつもりはない。……今度こそ、殴っても構わないぞ」

リーシェはきゅうっとくちびるを結び、彼に手を伸ばした。けれどもそれは、アルノルトを殴ったりするためではない。

泣きたい衝動を堪《こら》えながら、彼のくちびるに触れてみる。

辿《たど》るような触れ方をすると、アルノルトは怪訝《けげん》そうな顔だ。

「……なんだ」

「殿下の、お薬は……？」

本当に怖くてそう尋ねたのに、アルノルトは何故か一瞬だけ目を丸くする。

そのあとで、ぐっと渋面を作ってこう言った。

「お前の血はすぐに吐き出した。変調も出ていないし、必要はない」

「でも、あれは猛毒なのです。眠り薬が効いているあいだはともかく、それが吸収されてしまった後は、下手をすると命さえ」

「俺にとって重要なのは、お前がその毒を身に受けた事実の方だ」

アルノルトの指が、リーシェの首筋に触れる。

そこには包帯が巻かれていた。傷自体は浅いものなのに、大仰すぎるほどに巻き付けられていて、几帳面《きちょうめん》に留めてあるようだ。

「危険な真似をするなと、以前も言った」

静かに紡がれた彼の声には、さまざまな感情が滲《にじ》んでいるように聞こえる。

「ごめんなさい……」

リーシェのせいで、アルノルトまで危険に巻き込んでしまったのだ。

皇族、それも世継ぎである皇太子が毒薬を口にしてしまうなど、下手をすれば一国の命運をも左右する一大事である。

何よりも、アルノルトに万が一のことがあったらと想像するだけで、身が竦《すく》むほどに恐ろしい。

「……」

アルノルトは物言いたげな表情のあと、リーシェを寝台に寝かせてくれる。

「痛むところは」

「あり、ません」

熱の辛さと体の重さはあるが、拙くとも指先まで動かせる。解毒剤を飲まされたお陰で、この辛さを引き摺《ず》ることもないだろう。

確認するべく開閉した左手に、アルノルトの手が重なる。それがいつもより冷たく感じるのは、リーシェの体温が高い所為《せい》だった。

サイドボードに置かれているランプの光が、青い瞳に映り込んでいる。それはまるで、いつかの人生に眺めたことのある漁火《いさりび》のようだ。

「生きているな」

当たり前のことを、とても真摯に確かめられた。

言葉で肯定するだけでは、信じてもらえないような予感がする。だからリーシェは、上から重なっている彼の指に、自分の指を絡めてきゅうっと繋いだ。

「……はい」

「…………」

アルノルトが短く息を吐き出す。その様子を見て、思わずこんなことを尋ねてしまった。

「どなたかを、目の前で亡くされたことがあるのですか」

アルノルトが僅かに目を伏せる。その仕草を見て、愚かしい問い掛けだったと気が付いた。

彼は戦争を経験している。人の死に触れたことはあるだろうし、それを何度も繰り返してきたはずだ。けれどもアルノルトは、思わぬことをリーシェに告げる。

「最初に見たのは、妹が父に殺される場面だった」

「！」

アルノルトが静かに告げた事実を、瞬時に飲むことは出来なかった。

（殿下の妹君を、お父君が？）

言葉の意味は分かるのに、頭が理解を拒む。絶句したリーシェを見下ろして、表情を変えないアルノルトが続けた。

「父帝が妃《きさき》のひとりに産ませた赤子だ。生まれてまだ数日ほどで、妃が必死の思いで守ろうとしていたものを父帝が奪い取り、その剣で貫いた」

「そんな」

光景が脳裏に浮かびかけ、反射的にやめてしまう。

（確か殿下のお父君は、世界各国と戦争をして、いろんな国から王族の女性を献上させたって）

寝台に横たわるリーシェは、震えそうになる声を叱咤《しった》してこう尋ねた。

「何故、そのようなことを？」

「あの男は、自分の血を色濃く受け継いでいる子供だけに存在を許す。妃の前で殺すのは、『そうではない赤子』を産んだ罰だと言った」

赤子を殺すだけでも信じられないのに、ますます混乱が深くなる。

生まれたての赤子を前にして、どのようにそれを判断するというのだろう。リーシェが分からないでいることを、アルノルトはすでに察していたようだ。

「父帝と同じ、『黒髪と青い瞳を持っていること』」

アルノルトは、彼が言った通りの青色をした双眸でリーシェを眺める。

「それが、生き延びる赤子の条件だ」

「……！」

あまりの事実に、リーシェはぐっと眉根を寄せた。

アルノルトのみならず、彼の異母弟であるテオドールだって黒髪と青い瞳を持っている。四人の妹姫たちも同様なのだろうが、そんな条件が課せられていたとは思いもよらなかった。

（だから殿下は、ご自身の瞳の色が忌まわしいと仰《おっしゃ》っていたの？）

思い出されるのは、以前離宮のバルコニーで交わした会話だ。アルノルトの瞳が綺麗《きれい》だと告げたとき、アルノルトは話してくれたのである。

青い瞳は父親と同じもので、それを抉《えぐ》り出したいほどに嫌っているのだと。けれどもその理由は、単なる父への嫌悪だけではなかったのだ。

「青い瞳というものは、子供に受け継がれにくい性質のはずです」

そこに『黒髪』という条件まで加わっては、当て嵌《は》まる場合などごく僅かだろう。

「お前の言う通りだ」

「お父君に、認められなかった赤ちゃんは……？」

「その赤子を産んだ妃の前で、例外なく全員殺された」

告げられたことに、言葉を失う。

（どうして、そんな所業が出来るの）

薬師として生きた人生で、幾度か出産の手伝いをしたことがあった。

母子ともに健康な産後というのは、決して当たり前のことではない。彼女たちは十ヶ月ものあいだ変調に耐え、不安と痛みを抱えながら、命懸けで子供を産むのだ。

それなのに、子供の父親であるはずの人物が、生まれた命を掻《か》き消してきたというのだろうか。

「幼かったアルノルト殿下が、その場に同席させられたのですか」

「……」

沈黙という名の肯定に、ますます胸が苦しくなる。

「殿下のことを、どなたか気に掛けて下さった方は？　お妃さまたちは、あなたに向けて……」

「……生き延びた俺に怨嗟《えんさ》を向け、憎しみを注ぐ者たちばかりだったが」

次いでぽつりと零されたのは、ほとんど独白めいた言葉だった。

「俺を一番憎んでいたのは、俺を産んだ母后だろうな」

「っ？」

呼吸を詰めたリーシェの指に、アルノルトの指が絡められる。

彼の声はいっそ穏やかで、当たり前の事実を確かめるかのようだ。

「赤子を殺す傍らで、あの男はいつも俺に言っていた。『お前の体には、他の人間より優れた血が受け継がれている』と」

美しい指が、リーシェの嵌めている指輪をゆっくりとなぞった。

「だが、そんなはずはない。あの男の血を継いでいるだけの血統に、一体どんな価値がある？」

「殿下……」

「お前も十分に理解しておけ。俺が皇族であろうとも、たとえ誰の血を引いていようとも、他者より尊重される理由には成り得ないと」

アルノルトは、真摯な目をしてこう告げる。

「お前の命よりも、俺の身が優先されるべきなどということは、二度と言うな」

「……」

左胸が、ずきりと鈍い痛みを覚えた。

「それは……」

本当なら、『それは出来ません』と返事をしたかったのだ。

だというのに、なかなか言葉が出てこない。寝台からアルノルトを見上げ、彼の瞳を見つめたリーシェは、ゆっくりと慎重にまばたきをする。

そして、次の瞬間。

「――……！」

両目から、堪えていた涙がぽたりと零れた。

「っ、おい」

アルノルトが顔を顰《しか》め、リーシェからぱっと手を離す。

代わりに首筋の包帯へと触れて、渋面のまま見下ろしてきた。困惑をはっきりと表情に映した、とても珍しい表情だ。

「やはり、何処《どこ》かが痛むのか」

「やっ、ちがいます……！」

慌てて否定しようとするも、声音が不安定に揺れてしまう。手の甲を瞼《まぶた》に押し付けても、雫《しずく》がとめどなく溢《あふ》れてきた。

次から次へと溢れるさまを見下ろして、アルノルトが途方に暮れた声で言う。

「……何故、ここで泣く」

「ご、ごめんなさい」

リーシェ自身も困り果て、隠したいのに上手《うま》くいかない。誰かの前で泣くなんて、物心ついてから一度もなかったのに。

「あなたが、あんまりにも、やさしいから」

「……？」

リーシェは気が付いてしまったのだ。

危険な戦場から生還した騎士の中には、命を顧みない戦い方をする者がいる。彼らに理由を聞いてみたところによると、それは『生き延びた罰』だと言うのだ。

仲間たちが死に、自分だけが生還したことに罪悪感を覚え、その償いをしなくてはならないのだと戦場に立ち続ける。でも、生き延びた罪などあるわけがない。

「幼かった殿下はなんにも、悪いことなんて、していないのに……」

だが、アルノルトはそのように振る舞っているのではないだろうか。

以前盗賊に襲撃された際、騎士を下がらせてひとりで剣を抜いたのも。

フリッツが話していたシウテナ戦や、リーシェが対峙《たいじ》した六度目の人生のように、戦場で最前線に立とうとするのも全部。

それが、彼の中における罪滅ぼしなのだとしたら。

（きっと、小さな子供の頃から）

そう思うだけで、リーシェは泣きたくなってしまう。

目の奥がじくじくと熱くなって、本当に胸が苦しかった。それが痛みの所為でないことは、アルノルトにも伝わったのだろう。

「……あまり、目を擦《こす》るな」

「ひ、う」

そんな言葉のあと、両手がアルノルトに捕まった。

視界を遮るものが消え、ぼやぼやと滲んだ世界が見える。瞬きをするたびに明瞭になっては、すぐさま再び霞《かす》んでいった。

そうして映し出されたアルノルトが、困ったような表情を浮かべる。

「なあ」

片手を離し、リーシェの涙を指ですくいながら、アルノルトは渋面のまま尋ねてきた。

「……どうしたら泣き止《や》むんだ」

「〜〜〜〜っ」

そう言われ、ますます涙が溢れてしまう。

アルノルトはそれを見て、責めるような声を漏らした。

「リーシェ……」

「だって、だって」

リーシェのことばかり慮《おもんぱか》って、彼は自分を顧みない。

そのことに対するままならない気持ちが、毒を受けた熱によってぐらぐらと煮える。お陰で、我ながらよく分からないことを口走ってしまった。

「あ、あたま」

「頭?」

「アルノルト殿下の、頭、撫でたいです……」

そう告げると、アルノルトは眉間の皺を深くするのだ。

「あのな」

十九歳の成人男性を相手に、突拍子もない言葉だとは自覚している。

けれども今はどうしても、アルノルトの頭を撫でたいと思った。

幼かったころの彼には届かないが、目の前にいるアルノルトに触れたかったのだ。だから、ねだるような気持ちで見上げる。

「殿下……」

「………………」

アルノルトは深く溜め息をつくと、寝台に膝で乗り上げた。

ぎしりと軋む音がして、シーツの衣擦《きぬず》れが伝わってくる。リーシェの顔の横に両手をついたアルノルトが、真上から覆い被《かぶ》さるように見下ろしてきた。

彼との距離が近くなり、これならリーシェも触れられる。

少し掠れた声が、リーシェの我《わ》が儘《まま》を許してくれた。

「好きにしろ」

「は、はい……」

ぐすぐすと泣きながら手を伸ばし、アルノルトの頭にゆっくりと触れる。

なんだか不思議な感覚だ。アルノルトは慣れていないようだが、リーシェだって上手に出来はしない。

それでも彼の黒髪を、そうっと撫でてみた。

軽く毛先の跳ねたアルノルトの髪は、触れると案外柔らかい。何故だかたまらない気持ちになって、やっぱり涙が溢れてしまう。

「っ、……」

「……おい」

アルノルトが、話が違うと言いたげな顔をした。彼を困らせているのはわかっているのに、どうにもならない。

「リーシェ」

「ごめん、なさ……」

「……くそ」

覆い被さっていたアルノルトが身を屈《かが》め、リーシェと自分の額を緩やかに重ねる。互いの前髪が絡まって、くしゃりと音を立てた。

そうして彼は、瞑目《めいもく》するのだ。

「頼むから、もう泣くな」

懇願の言葉が、苦しげな声で紡がれる。

「――お前が泣いているのを見ると、頭がどうにかなりそうだ……」

「……っ」

アルノルトが辛そうにしているのを見るのは、こちらだって辛い。

泣き止まなくてはとひどく慌てた。けれどもリーシェは結局のところ、子供みたいに泣きじゃくってしまうのだ。

両親の前で泣くことを許されなかったリーシェにとって、それは初めての経験だった。

アルノルトはやはり困り果てた様子だったが、リーシェが泣き疲れるまで、いつまでも涙を掬《すく》ってくれたのだった。

＊＊＊

「んん……」

ふわふわと、温かな気持ちの目覚めだった。

眠っているあいだ、ガルクハインに来てからの夢を見たような気がする。アルノルトと離宮のバルコニーで話したり、アルノルトと一緒に夜会に出たりと、つい先日あった出来事の夢だ。

リーシェにとって、『過去の人生ではない夢』を見るというのは久しぶりのことだった。

起きなくてはいけないのが名残惜しくて、手近にあるものへ額をすり寄せる。なんだかよく分からないが、この場所はとっても収まりがよかった。

体を包まれていて暖かい。とくとくと、鼓動の音がして安心する。

瞼がとろけて眠り込みそうだが、少しだけ体が重い。

「……？」

昨晩の怠さは消えている。

毒の後遺症ではなさそうだ。不思議に思いながら身じろいで、ゆっくりと上を見る。

そして、すべての状況を把握した。

「…………………」

寝台の中で、眠ったアルノルトに抱き締められている。

「――――!?」

その瞬間、絶叫しそうになったのを辛うじて抑えた。

（なっ、な、な……っ）

どうやらお互いに向き合う恰好《かっこう》で、同じ上掛けにくるまっていたらしい。アルノルトは、リーシェの頭を抱き込むような形で寝息を立てている。

アルノルトの口元は、リーシェの前髪あたりに埋《うず》められているようだ。

（ど、どうして殿下と同じ寝台に!?）

枕を使っているのはアルノルトだけで、リーシェは彼の腕を枕にしてしまっている。それに気付いて慌てるも、混乱しすぎて動けない。

そして、事の発端を思い出す。

（…………私が駄々を捏《こ》ねた所為だわ!!）

夕べのことを思い出し、リーシェはさあっと青褪《あおざ》めた。

（お部屋に戻って寝てくださいって言ったのに、『ひとりで置いておけない、一晩傍にいる』と仰るから。『どうしてもこの部屋に居てくださるなら、寝ずの番じゃなく、せめてここで寝てください』って我が儘を……）

昨夜はぐしゅぐしゅに泣いてしまい、頭もぼんやりしていた所為で、そのままとんでもないことを言ってしまった。

あのときのアルノルトは絶句していたが、リーシェがまた泣きそうになった所為で、渋々「分かった」と頷《うなず》いてくれたのだ。だが、とんでもないことをしてしまった。

（薬師だったくせに、私はなんということを……!! なんとしてもお部屋に戻っていただいて、おひとりでゆっくり寝てもらわないといけなかったのに……）

結局リーシェに付き合わせてしまったのだから、あまりにも申し訳なさすぎる。

そうっと身を離し、アルノルトを見上げて眉を下げた。

（私が抱き枕で、寝心地が悪くなかったかしら……）

きっと普段のアルノルトなら、リーシェが動いた時点で目を覚ましていたはずである。

けれど、彼は目を閉じたままだ。

リーシェの介抱をさせた所為か、やはり毒薬による影響があったのかは分からないが、この眠りによって少しでも回復できているといい。そんなことを祈りながら、アルノルトの寝顔を見つめる。

（眠っていると、ちょっとだけ幼く見えるんだわ）

アルノルトは、白いシャツのボタンを上からふたつほど外している。

寛げられた襟元から、普段は隠されている鎖骨と喉仏、それから首筋が覗《のぞ》いていた。リーシェがどうしても気に掛かるのは、首筋に残っている無数の傷跡だ。

（誰よりも、お母さまに憎まれていたと仰っていた）

この傷は、彼の母によるものなのだろうか。

触れたいような気もするが、許可なく不躾《ぶしつけ》なことは出来ない。だからぼんやりと見つめていると、アルノルトの手が何かを探すように動いた。

「……」

そのあとで、緩やかに目を開ける。

覚醒しきっていない青色の瞳が、窓からの朝陽《あさひ》に透き通った。普段なら見惚《みと》れているところだが、いまは状況が状況だ。

「お、おはようございます……」

「…………」

アルノルトは、緩慢な瞬きをひとつする。

そのあとでリーシェに手を伸ばし、珊瑚《さんご》色の前髪を梳《す》くようにした。リーシェの頬をくるみ、目を閉じると、ふたりの額をこつりと重ねる。

これは恐らく、熱の有無を確かめられているのだ。

分かっているにもかかわらず、アルノルトが寝起き特有の気怠《けだる》さを纏《まと》っている所為で、必要以上に緊張してしまう。

「殿下、あの」

「……体の具合は」

まだちょっとだけ眠そうな、掠れた声で尋ねられる。

額を重ねたまま、お互いの睫毛《まつげ》が触れ合うほどの距離で、リーシェは慌てて返事をした。

「だっ、大丈夫です。お陰さまですっかり元気です、元気……!!」

「……」

目を開いたアルノルトが眉根を寄せたので、『元気』は言い過ぎたかと反省する。

気まずくなり、急いで体を起こそうとしたら、アルノルトに腕を掴まれた。

「ひゃ」

「いいから、まだ寝ていろ」

再び寝台の海に沈み、アルノルトの隣へと引き戻される。そういうわけにもいかないような気がしたが、有無を言わせない雰囲気だ。

リーシェは仕方なく、寝転んだまま問い掛ける。

「殿下こそ、お体に変調は?」

「……何も」

アルノルトはそう答えながら、リーシェの首筋に手を触れた。

恐らくは、包帯の結び目を解こうとしているのだろう。リーシェは大人しく身を任せながらも、質問を続ける。

「昨日はありがとうございました。あの、ミリアさまは……」

「命を狙われている可能性があることは、オリヴァーを通して公爵に伝えてある」

ほっとした。アルノルトならきっとそう動くと思っていたが、改めて聞かされると安心できる。

「あの子供本人にも、父親の傍を離れないようにと俺から告げた。深夜に一度オリヴァーから報告を聞いたが、大人しく公爵の元にいるようだ」

「ミリアさまが、私の居場所をアルノルト殿下に伝えてくださったのですか？」

「そうだ。レオから話を聞いて、森に向かう最中に鉢合わせた」

しゅる、と衣擦れの音がした。アルノルトはリーシェの包帯を解きながら、聞いておきたかったことを的確に説明してくれる。

ただし、お互いに寝転んだままだ。

「レオにも巫女《みこ》の子供にも、お前たちが森に入ったことは伏せるよう言い含めてある。教団の人間に知れたところで、騒ぎになるだけで無意味だからな」

「何から何まで、ありがとうございま……、ふひゃ」

肌の表面にアルノルトの指が触れ、ぞわぞわした。

「こら。暴れるな」

「だって、くすぐった……ふっ、ふふ！　殿下、待……っ！」

「だから、暴れるなと言っている」

叱られて必死に堪えたのだが、ややあって包帯が取り除かれた。

そうなってから気が付いたのだが、包帯くらいは自分で解ける。しかし、アルノルトが真剣な表情で傷口を観察しているようなので、いまさらそれには言及できなかった。

「傷は治り始めているようだな。これなら痕にもならないだろう」

別段、そんなことを気にはしないのに。

騎士の人生では、あちこち傷だらけになったものだ。けれどもそれを言わず、リーシェは自分でも傷口を探ってみる。

すると、アルノルトはじっとリーシェの目を見つめてきた。

「瞼も腫れていないな」

「……アルノルト殿下が、丁寧に涙を拭ってくださったので……」

気恥ずかしい心境で答えるが、アルノルトはそれに満足したらしい。

「巻き直すか。新しい包帯を用意させる」

「あ。大丈夫です、殿下」

上半身を起こした彼に続き、リーシェも一緒に起き上がった。

「血が止まっているようなので、このままにしておこうかと。大した傷ではない以上、包帯をしていた方が大仰なので」

「……巻いておいた方がいいと思うが」

「え？」

「赤くなっている。包帯を巻いて、隠した方が無難だろう」

そんな指摘に首をかしげる。

「この毒、傷口の炎症は引き起こしにくいはずなのですが……」

「……」

なにせ、『見た目にまったく毒死の痕跡が残らない』からこそ選ばれる暗殺毒だ。

それとも、リーシェが想定していた以外の毒まで混ざっていただろうか。しかし、そうであれば解毒剤がこんなに効いているはずもない。

師匠仕込みの解毒剤と、それを飲ませてくれたアルノルトのおかげで、リーシェはほとんど復調しているのだ。だが、アルノルトは否定する。

「傷口の話ではなく」

「っ、んん？」

指でなぞられ、それがくすぐったくて身を竦める。アルノルトが触れたのは、傷口ではなくてその周辺だ。

そうして彼は、しれっとした調子でこう言い切る。

「俺が口付けて、首筋の肌を吸った跡が、赤く残っている」

「――――……」

ぽかんとした。

ひょっとしていま、割ととんでもないことを言われなかっただろうか。

恐らくは、毒を吸い出してもらったときの話だろう。しかし、そのためにアルノルトにされたことを改めて思い出し、リーシェは絶句する。

「お前の肌が白いせいで、余計に目立つな」

「……ひえっ!?」

一拍置いて、ぶわっと頬に熱がのぼった。

慌てて上掛けを手繰り寄せ、絶対に赤面しているであろう顔を隠す。アルノルトがどういう表情をしているかなんて、いまは絶対に知りたくない。

（そもそもが昨日、解毒剤を飲まされるときに口移しされなかった!?）

本当に熱があった昨日より、遥《はる》かに体が熱い気がした。ぐるぐると頭が混乱する中、リーシェはかろうじて声を出す。

「あ、あの！　前から気になっていたのですけれど!!」

「なんだ」

（『女性の扱いが、妙に手慣れていませんか』とは聞けない……!!）

普通はこういうものなのだろうか。聞きたいけれども聞くのが怖くて、そう思う理由が我ながら分からない。

「リーシェ」

渦巻く感情に戸惑っていると、アルノルトが口を開いた。

「何故、俺への伝令をレオに託した」

「……」

ぴたりと混乱を押しとどめ、顔を隠していた上掛けを下にずらす。

「私がすぐに向かわなければ、ミリアさまに万が一のことが起きてしまうと思ったからです」

「そうではない」

目が合ったアルノルトは無表情だが、リーシェを逃がすつもりなどなさそうだった。夕べも色々と怒られたが、まだまだ手加減されていたのだと知る。

「あれが信頼に足る存在だと、本気で思っているわけではないだろう？」

「――……」

先ほどまでの空気が嘘《うそ》のように、冷たい視線がリーシェを射抜いた。

だから、ひとつ息を吐く。

レオの体さばきに違和感を覚えた理由は、訓練過多の件だけではないのだ。

（アルノルト殿下も、当然気が付いていらっしゃる）

一昨日、レオと森を歩いていたとき、リーシェは一定の歩幅で歩いていた。

この状態で歩幅を数えれば、頭の中に地図を描き起こすことが出来るのだ。見知らぬ土地では重宝するし、その情報があったからこそ、昨日の森でミリアを追うときの参考にもなった。

不自然なのは、リーシェが歩幅で測量しているときのレオだ。

（一昨日のレオは、一定の歩幅で歩いているはずの私と、歩く速度がまったく変わらなかったわ）

リーシェより速くなることも、遅くなることもない。足元が不安定な森の中で、少しのずれすら生じることもなかったのだ。

それはつまり、レオが同じように歩幅を調整しているか、『リーシェと一定の距離で歩く』ように調整していたかのどちらかである。

「そもそもが、『王族の身代わり』という仕組みを、レオが知っているのが特異な話だ」

「……」

それについても同感だった。

貴族や王族に関係する立場ならともかく、庶民にまでその手法が広く知られていては意味がない。想像として語られるならまだしも、レオははっきりと『聞いたことがある』と言っていた。

『普通の子供』と言い切るには、不可思議なところが点在している。

「お前も警戒していたのだろう。だから俺への伝達をさせる際に、解毒剤のことを告げなかった」

「……時間が惜しかったこともあります。第一アルノルト殿下であれば、私の望むことはすべて分かってくださると確信していました」

「賭けのような真似を、あの状況でわざわざ選んだとは思えないな。お前だけならともかく、巫女の子供の安全にも関わる状況だ」

寝台のふちに腰掛けたアルノルトは、こう続ける。

「車軸が壊れた馬車について、オリヴァーに引き続き調べさせた。複数の御者を関与させて誤魔化していたが、馬車を用意した大元は、教団で間違いなさそうだ」

「それでは」

リーシェはぎゅっとシーツを握りしめる。

「最後の巫女を殺そうとしているのは、それを守るはずの教団に他ならない」

「……っ」

分かりきっていたことなのに、胸がざわつく。

禁足の森に、見張りすらいないことも。

使用人や護衛の同行が、極端に制限されていることも。すべては教団の思惑であるからこそ、祭典や神の教えを利用して、環境が整えられていた。

(巫女姫であるミリアお嬢さまを、護《まも》るべき教団が狙っている……)

黙りこくったリーシェを見て、アルノルトが口にする。

「レオの歩き方は、わざと足音を立てているものだ」

「！」

思わぬ事実を告げられて、目を丸くした。

「レオは『普通に歩いた場合、まったく足音を立てないはず』ということですか？」

「そうだ。それでは周囲に溶け込めないので、わざわざ音を立てるように意識しているのだろう」

(確かに、レオの足音ははっきりと聞き分けることが出来るけれど)

周囲の大人たちはもちろん、体重の近いミリアとも明確に異なるものだとリーシェには分かる。

だがそれは、レオやミリアの足音を、過去の人生で覚えているからだと思っていた。

(アルノルト殿下は、レオをほんの少し歩かせただけで気付いたの？)

たったの数分で、リーシェが観察できたこと以上のことを把握している。昨日も驚いてしまったが、いまはそれ以上に驚愕《きょうがく》が大きい。

「そんな技術を子供に習得させるのは、どういった思惑があるか分かっているな」

「……当たっていてほしくは、ないですが」

「お前がどう願おうとも、すべての情報を集めれば明白だ」

アルノルトは、容赦なく言葉を続けるのだった。

「レオは、暗殺者としての教育を受けている」

「……」

俯《うつむ》いたまま、こくりと頷く。

特殊な体さばきも、年齢に不相応な鍛錬をしている痕跡も、特殊な生育環境があったからだろう。

リーシェとアルノルトの見解は、一致していた。

「分かっていながら、俺への伝言を何故あれに託した」

「殿下こそ、ご推察の上で指導を引き受けて下さいました。……それは、レオが『どちら側』なのかの判断材料が足りなかったからでは？」

アルノルトは、僅かに眉を顰《ひそ》める。

「そこまで大仰な話ではない。白黒どちらであろうとも、連れ帰ってテオドールにでも与えれば上手く使うと思ったまでだ」

それは嘘だ。アルノルトは、ガルクハインに行かないと選んだレオに、指導を約束してくれた。

「レオを暗殺者として教育したのは、恐らくシュナイダー司教の孤児院です。レオがその教育機関を出されたというのであれば、理由は『置いておく意味がなくなった』の一点のみ。……暗殺者として『一人前と認められた』か、もしくは『失格だと追放された』かのどちらかでしょう」

「お前は、レオがすでに暗殺業から足を洗ったと判断しているんじゃないのか」

「いいえ、アルノルト殿下」

リーシェはアルノルトの瞳を見据える。

「私は、レオが暗殺者であると判断しています」

そう告げると、アルノルトが静かに息を吐き出した。

「ならば何故、俺への救援をあれに託した」

「たとえ暗殺者であっても、脅威ではないと判断したからです。……人を殺すことを生業にするには、あの子はきっとやさしすぎる」

大神殿に着いた最初の日、馬車に事故があったと知らせるため、レオは必死に馬を走らせて助けを呼んだ。

ミリアがいなくなったときには、本気で顔を青くしながら、リーシェに事情を話している。ミリアを殺すつもりがあるなら、黙って誤魔化せばいいはずだ。

けれどもレオは、アルノルトという助けまで呼んでくれた。

「私はそれに付け込みました。レオにどんな技能があろうとも、彼のやさしさで人を殺すことは出来ないと、そう判断したのです」

だからこそ、酷だと分かっていてもレオとミリアを交流させ、食事の時間を共にしたのだ。

だって、リーシェは未来を知っている。レオは『大きな失敗』を犯し、雇い主にひどい折檻《せっかん》を受け、それで片目を失うのだ。

（命からがら逃げ出していなければ、きっと殺されていたに違いない大きな怪我《けが》だわ）

その雇い主とは、ミリアの父である公爵ではない。恐らくは、暗殺業における雇い主だ。

（レオの『失敗』は、ミリアお嬢さまの暗殺に関することだったのかもしれない。……ジョーナル公爵の体に麻痺《まひ》が出ていたのも、病気だという説明が嘘であり、ミリアさまを庇った毒の後遺症だったとしたら……）

針子やリーシェの受けた毒は、たとえ命を落とさずに済んだとしても、治療が遅れれば体にひどい麻痺が残る。

こうして振り返ってみると、公爵の体に出ていた症状はまさに、混合毒による後遺症だ。

（侍女人生で仕えたジョーナル公爵は、恐らく嘘をついていた）

不調の理由を偽ったのも、ミリアに余計な不安を抱かせないためではないだろうか。

使用人たちを入れ替えたのは、自分に持病などなかったことを知る人間が、ミリアに真実を知らせないためかもしれない。

（公爵の麻痺も、レオの大怪我も、きっとこの大神殿で決定付けられる運命だわ）

ここで起こる騒動によって、大司教たちの処分も行われるのだろう。そうしてミリアは、周囲に起きた不幸が自分の所為だと思い込み、それを心の傷としたまま大人になる。

(レオに暗殺を実行させず、閣下たちだって無事なまま、すべての事態を収束させなくてはならない。だけど、ミリアさまを狙う敵が世界最大の教団であるクルシェード教だとしたら、そんな方法は……)

苦しくなって、言葉を漏らした。

「どうして教団が、巫女姫であるミリアさまを」

「……」

ふ、と小さな笑い声が聞こえる。

驚いてアルノルトを見ると、彼はリーシェにこんなことを問い掛けるのだ。

「教団にとって、巫女姫が本当に守るべき存在だと思うのか?」

「……?」

アルノルトは何を言っているのだろう。

それを尋ねることが出来なかったのは、リーシェも気が付いてしまったからだ。

「二十二年前、先代巫女姫が亡くなられたときのことを仰っているのですか?」

「は。……どうだかな」

アルノルトはおかしそうに笑うものの、それは暗さを帯びた笑みだった。

この表情を、リーシェはどこかで見たことがある。

(先代が亡くなったのは、現在十九歳であるアルノルト殿下が生まれるより、数年も前のこと)

その当時の出来事を、アルノルトが見知っているはずはない。だが、リーシェの中にあった違和感がますます輪郭を持っていく。

（侍女だった人生のときから、内心でずっと不思議だった）

ミリアを本気で守るのであれば、大々的に巫女姫であると公表し、大義名分のもとに徹底して守ればいい。

巫女姫は女神の生まれ変わりであり、世界中に存在する信徒にとっての信仰対象だ。存在を公にした方が、安全な環境で育てることが出来るだろう。

それなのに、存在自体を隠し通し、公爵家の養子に出した理由はなんなのだろうか。

「――リーシェ」

微笑《ほほえ》みを浮かべたアルノルトが、リーシェの瞳を見つめて囁く。

「あの巫女の子供を、助けたいか」

「……」

問い掛けに、こくりと深く頷いた。

大きな手がリーシェの頬を撫で、上を向かせる。そして、穏やかな声音で続けた。

「祭典は、予定通り本日行われる。準備を無理やりに間に合わせて、つつがなく行われるそうだ」

「そんな！」

祭典は、巫女姫であるミリアと大司教たちによって行われる。

ミリアを殺したい人間たちの中に、たったひとりで取り残されるのだ。そこで何が起こったとしても、ミリアを助ける人間は存在しない。

「アルノルト殿下が暗殺の忠告をしてくださったのに、一体どうして？　まさか公爵が、教団側を少しも疑っていないだなんて」

「お前はおかしなことを言う」

アルノルトにそう言い切られ、リーシェは混乱しながら彼を見つめた。

「ジョーナル公は敬虔《けいけん》な信徒だ。教団の命令があったからこそ、巫女を育てていたのだろう？」

「え……」

「だがいまや、その娘は教団に死を願われる存在だ。その状況下で、公爵が血も繋がらない子供を護る理由がどこにある」

「!!」

アルノルトは、本気でそう口にしている。

それに気がつき、リーシェは慌てて否定した。

「そんなことはありません！　ジョーナル閣下にとって、ミリアさまは大切なお嬢さまです。教団の意思があろうと、血の繋がりがない娘であろうとも、ミリアさまを危険に晒《さら》すはずがない」

リーシェはちゃんと知っている。

公爵がミリアを心から慈しみ、大切に育ててきたことを。それは絶対に、血の繋がりや教団からの職務という枠を超えた、本物の愛情だったであろうことを。

「だから、お助けしたいのです。ミリアさまも、レオもジョーナル公爵閣下も、ここで」

「……………」

アルノルトは僅かに目を伏せた。

「なら、心配しなくていい」

そのあとで、リーシェにやさしく言葉を紡ぐのだ。

「お前がそう望むのなら、俺が叶《かな》えてやる」

「殿下……？」

アルノルトは寝台から立ち上がると、傍らの椅子に掛けてあった上着を羽織る。

「お前はもうしばらく休んでいろ」

アルノルトが部屋を出て、扉が静かに閉ざされる。

（アルノルト殿下が、味方をしてくださる。こんなに心強いことはない、はずなのに）

胸の奥が、ざわざわと漣《さざなみ》のような音を立てる。

リーシェはぎゅっとくちびるを結んだあと、立ち上がって身支度を開始した。

第六章

　大神殿の大部分から、人の気配が消えていた。

　ドレスに着替えたリーシェの靴音が、静寂の廊下に反響する。客室棟から一番近い聖堂を覗《のぞ》いてみたものの、そこもやっぱり無人だった。

　昨日までは、女神に祈りを捧《ささ》げる司教や、祭典の準備に追われる修道士たちが忙《せわ》しなく行き交っていたのに。

（誰もいない。ミリアさまやジョーナル閣下だけでなく、アルノルト殿下もオリヴァーさまも）

　ひょっとして、大聖堂へと向かったのだろうか。

　祭典の儀式には、一般信徒の参列は禁止されている。アルノルトであろうと例外なく、大聖堂には近づけないはずだ。

（どうして胸騒ぎがするの？）

　大聖堂への回廊を駆けながら、リーシェはぎゅっとくちびるを結ぶ。

（未来の『皇帝アルノルト・ハイン』は、教会や神官を焼き払う。それでもいまのアルノルト殿下であれば、教団相手に無茶はなさらないはず。……でも、教団の人を、私にすら近づかせないように命じていたのは何のため？）

　そもそもが、未来で教団を敵に回すことにも理由はあるはずだ。

過去の人生では、単純に邪魔なのだろうと考えていた。

教団は強い権力を持っており、世界中の人々の拠《よ》り所《どころ》となる。支配者にとっては目障りでしかなく、存在を見逃す理由はない。

(とはいえきっと、それは理由のひとつでしかないのだわ)

遠くの方で、祭典の始まりを告げる鐘の音が鳴り響いた。

大聖堂に急ごうと、リーシェがドレスの裾を掴《つか》んだ、その次の瞬間。

「っ、レオ!!」

「……」

目の前に少年が飛び出してきて、リーシェはどうにか立ち止まる。

現れたレオは、向かい合ったリーシェを真《ま》っ直《す》ぐに見上げていた。

(本当に、まったく足音が聞こえなかった。それどころか気配さえ……!)

こくりと喉を鳴らす。レオはリーシェを観察しながら、警戒心を滲《にじ》ませて口にした。

「大聖堂の方に、行くつもりか」

「ええ。だって、もうじき祭典が始まるのでしょう?」

すると、レオは眉根をぎゅっと寄せる。

「アルノルト・ハインは、大司教に至急の会談を申し入れたそうじゃないか」

「アルノルト殿下が? でも、祭典の直前にそんなことをしたって……」

「どうせ契約を利用する魂胆だろ。教団は、『ガルクハインが会談を申し入れた場合、それを断れない』って決まりになってるって聞いてるぞ」

　思わぬことを告げられて、リーシェは目を丸くした。

（教団とガルクハインのあいだに、そんな契約が結ばれているというの？）

　リーシェのその反応を見て、レオはふんと鼻を鳴らす。

「やっぱりあんた、知らないんだな」

（いくら契約があろうとも、祭典の儀式より優先されるわけがないわ。アルノルト殿下の目的は、本当に会談をしたいわけではなくて……）

　リーシェはぐっと顔を顰《しか》める。

（教団に、『契約違反』を犯させること？）

　それは、ほとんど確信に近い結論だった。

（契約を反故《ほご》にした場合、どんなことが起こるのかは分からない。けれどももしかするとアルノルト殿下は、それを口実にして祭典に……）

　嫌な予感が、ぞわぞわと背筋を這《は》い上がる。

　皇帝アルノルト・ハインはともかく、リーシェのよく知る十九歳のアルノルトは、不用意に教団と敵対することはないと思っていた。

　だが、その前提がそもそも違うのかもしれない。

　ガルクハインと教団は、何かしらの協定を結んでいるのだ。教団の側にそれを破らせれば、アルノルトは動きやすくなる。恐らくはその状況を狙っており、実現するはずもない会談を申し入れたのだろう。

(その上に、アルノルト殿下の行動には正当性が付属する。あの方が、ミリアお嬢さまを助けてくださる限りは……)

『教団から、巫女《みこ》姫の命を護《まも》るため』

そんな正義が存在する限り、世界中の信徒はアルノルトの側につくだろう。

(アルノルト殿下はやさしい人。……だからこそ何かを守るために、非道な振る舞いが出来るお方)

彼はきっと、リーシェの願いを叶《かな》えるため、ミリアを助けようとしてくれている。

――それこそ、どんな手段を使ってでも。

「行かないと」

ミリアを助ける必要がある。

だからといって、アルノルトに非道な真似《まね》をさせるわけにもいかない。彼に助けを求めたのが間違いだったと、そんなことは考えたくないけれど、自分の軽率さが忌々しかった。

先を急ごうとしたリーシェの前に、レオの小さな体が立ちはだかる。

「駄目だ。これ以上は大聖堂に近付くな」

「レオ……」

「あんたはなんとなく放っておけないから、仕方なく警告してやってる。あんたがアルノルト・ハインの味方をするなら、見逃してやれない」

「……」

物悲しい気持ちでいっぱいになって、リーシェは両手を握り締めた。

「私は、アルノルト殿下の味方になんてなれないわ」

「！」

「心配してくれてありがとう、レオ。……だけどごめんね」

彼に対し、まっすぐに告げる。

「あの人の敵になってでも、お傍《そば》でやらなくてはいけないことがあるの」

「……せっかくの、忠告を……!!」

駆け出そうとしたリーシェの前に、小柄な体が飛び込んできた。

手首を掴まれそうになり、リーシェはすぐさまそれをかわす。後ろに一歩引き、レオから十分な距離を取って、呼吸を練ろうとした。

「！」

その間合いへ、すぐさまレオが飛び込んでくる。

（速い!!）

目を丸くするような暇すらなく、襟首にレオの手が伸ばされた。ドレスを掴まれた瞬間に、くるりと身を回してそれを外す。

すぐさま掴み直されそうになるも、手首に軽い一撃を入れた。リーシェに手を弾《はじ》かれたレオが、間合いを空けながら構えを取る。

「本当に身代わりが下手だな。そんな動きをしてたんじゃ、本物の皇太子妃じゃないってすぐバレるぞ」

「あなたこそ、普通の子供のふりはもういいの？」

「あんたたち相手じゃ意味がない。人の動きを観察しながら、注目されたくないところばっかり注目しやがっ、て！」

一気に間合いを詰められて、すんでのところでそれをかわした。

レオはそのまま追撃をやめない。リーシェの腕を掴み掛けたと思ったら、回避した瞬間に足払いを掛けてくる。リーシェがそれを避け、身を翻した瞬間に、再び懐へと飛び込まれた。

（っ、息をつく暇も……！）

考えてみれば、敵はいつだってリーシェよりも大柄な相手だった。

レオのように、自分より小さな人間を相手にした経験は少ないのだ。その所為《せい》かいつもと勝手が違い、翻弄されてしまう。

（この素早さ。少しでも気を逸《そ》らしたら、その瞬間に絡め取られる!!）

手を伸ばされ、それを回避し、体術で弾いて遠ざける。

レオの横を走り抜けられないかと隙を探るも、その瞬間を狙って踏み込まれた。レオのまだ細くてしなやかな腕が、リーシェを捕らえようと迫り来る。

（慣れない相手。でも）

リーシェは短く息を吐くと、反対にレオへと手を伸ばした。

「!?」

手首を掴み、後ろに引く。重心が崩れたレオの背へ回り、服を掴んで引き戻した。

舌打ちしたレオが、すぐさましゃがみ込もうとする。だが、そう動くのも分かっていた。

（逃げ道は、そこしかない！）

「う、わ！」

レオの動きを利用して、反対に地面へと倒す。すぐさま体勢を戻そうとしたレオの足を、リーシェは瞬時に払って倒した。

「くそっ」

（持っていれば、ここで武器！）

地面に背中を打ち付けたレオが、袖に隠し持っていた何かをリーシェに投げる。それが小さな石であることは、反射的に回避してから分かった。

リーシェはレオをひっくり返し、同時にドレスの裾へ手を伸ばす。太もものベルトに隠したロープで、レオを後ろ手に拘束した。

「離せ!!」

ぎゅっと手首にロープを通し、解けないように特殊な結び目を作る。長時間の拘束が目的ではないから、骨まで折る必要は無いはずだ。

「最悪だ……！　あんた、なんで俺の動きが」

「よく分かるわ。小柄な体格を利用して戦う方法なんて、熟知しているもの」

レオの動きは一流だ。

だからこそ行動が読みやすい。無駄がなく的確で、これ以上ない正解であり、だからこそリーシェには読み取れる。

「遠距離武器は、どれも威力が低いわ。投石も投げナイフも、弓矢でさえも」

「……？」

立ち上がり、ドレスの裾汚れを払いながら、リーシェは続けた。

「技術習得が難しい割に、どれもみんな殺傷力が低い。確実に敵を倒したいなら、毒でも塗らないといけないくらいに」

「それが、なんだよ」

「あなたは仕込み毒を持っているわね？」

苺《いちご》のような赤い色の瞳が、リーシェをぐっと睨《にら》みつける。

「いまの場面でそれを使えば、私の動きくらいは封じられたかも。なのに、どうして使わなかったのかしら」

「打ち込ませる隙すら見せなかったくせに、よく言う……」

レオは恨めし気だが、そんなことはないはずだ。

なにしろリーシェの体調は、少しずつ悪くなっている。涼しい顔で隠しているものの、包帯を巻いた首筋に汗が伝った。

（くらくらした疲労感と、貧血に似た眩暈《めまい》。……毒薬で体力の消耗が激しいのに、あちこち走って

動いたからだわ）

　本当はいますぐ大聖堂へ向かいたいのに、呼吸が整わなければ走れそうにない。

　毎朝の鍛錬を行っていても、体力はなかなか付かないものだ。呼吸が乱れないよう気を付けながら、リーシェはレオを見つめた。

「毒を仕込んだ武器を使わなかったのは、私を心配してくれたからでしょう？」

「……違う」

「きっと違わないわ。あなたはとてもやさしい子で、人を殺すのに向いていないもの」

「やめろ！　会ってからたった数日なのに、俺のことをずっと知っている、家族とか姉みたいなことを言うな……！」

「レオ……」

　地面に転がったレオが、強い視線でリーシェを睨んだ。

「俺は、あんたらを止めなきゃいけなかった。ここで死んでも、殺すことになってもだ」

「なのに、なんで」

　小さな肩が震えている。それを見て、リーシェははっと息を呑《の》んだ。

（まさか）

　リーシェはレオの前に膝をつく。

　彼の体を起こしながら、その目を見下ろしてこう尋ねた。

「レオ」

「……」

「あなたの敵は、一体誰？」

これまで考えていたことが、間違いだったとはっきり悟る。

こうして彼に問い掛けたのは、推測が当たっているかの確認だ。レオはぐっと何かを堪《こら》えたあと、やがて諦めたような顔をして、子供らしからぬ溜《た》め息《いき》をついた。

「俺の敵は、ガルクハイン」

レオの目が、まっすぐにリーシェを見つめる。

「そして、『クルシェード教団の大司教たち』だ」

「……‼」

レオへの判断が、間違っていたのだ。

レオが戦闘技術を身に付けていることも、強引な経緯で公爵家に引き取られた理由も。祭典の旅に同行したのも全部、想像していたのとは違う目的のためなのである。

（レオは、お嬢さまを殺すためではなく、守るための存在……‼）

騎士人生のレオは、失敗を犯していた。

リーシェはそれを、『暗殺者としての任務が達成できなかった』と考えていた。だが、レオが暗殺者ではなく護衛側の人間だとすれば、『ミリアや公爵を守れなかった』ことが彼の失敗なのだ。

だからこそ、騎士人生のレオはいつだって、ずっと何かに怒っていた。

もしかするとあれは、かつての任務に失敗し、公爵に傷を負わせてしまった自分への怒りだったのかもしれない。

（アルノルト殿下に、強くなるための指導を願ったのも。……誰かを殺す暗殺技術のためじゃなく、守るために）

リーシェはぐっと両手を握りしめたあと、あくまで冷静にレオへと尋ねる。

「あなたは、ミリアさまの護衛なの？」

「……もう失格だけどな。目を離して危険な目に遭わせた上、それをあんたに助けられた」

「敵のひとつは、『クルシェード教団の大司教たち』と言ったわね。ミリアさまを狙うのは、大司教やシュナイダー司教ということ？」

「……」

レオは押し黙り、目を逸らした。しかし、ほかにも無視できない発言がある。

「どうして、ガルクハインを敵だと言うの」

「俺たち、教団の人間は」

レオは短く息を吐き出す。

「このままじゃ、ガルクハインに皆殺しにされる……」

「っ!!」

まるで未来を知るかのような言葉に、リーシェは息を呑んだ。

（教団は、アルノルト殿下に未来で襲撃される理由について、すでに心当たりがあるということ？）

それを知ると同時に、抱いていた疑問のひとつが晴れる。

ミリアが狙われていることについて、アルノルトは公爵に忠告をしてくれた。だというのに、公爵は教団を疑わず、祭典のためにミリアを託している。

その理由は、アルノルトの忠告が信用されていなかったわけではなかったのだ。

（その逆で。……アルノルト殿下の忠告は、彼らにとって警告にしか聞こえなかったんだわ）

愛娘《まなむすめ》が命を狙われていると、娘を殺す理由がある人間に告げられれば。

父親は警戒し、一刻も早くその場を去るために、急いで目的を果たそうとするだろう。

（もしも昨晩のアルノルト殿下が、それすら計算していたのなら？　——つまりは、すぐにでも教団と敵対できるような理由を作るために、祭典の実行を急がせて……）

アルノルトが、教団を相手にそこまでする理由はなんだろうか。

考えるほどに分からなくなる。だが、いまは先を急がなくてはならなかった。

「ごめんねレオ」

「……この程度の拘束でいいのかよ。時間は掛かるけど、脱出できるぞ」

「それでいいわ。だって私は、レオの敵ではないのだもの」

呼吸は随分と楽になった。もう少しであれば、休養が十分でないこの体でも、動けるはずだ。

「私はミリアさまをお守りしたい。その上で、アルノルト殿下にも教団と対立してほしくない。あなたとの利害は一致するはずよ」

レオはぐっと眉根を寄せたあと、呟《つぶや》くような言葉を漏らした。

「本物、なのか。あんたが本当に、ガルクハインの皇太子妃？」

「そうなるためにも、婚約の儀の破棄をして帰らないといけないわ。教団と喧嘩《けんか》になってしまっては、破棄の儀式が続けてもらえないものね」

「……」

「ねえレオ」

騎士だった人生を思い出して、リーシェは微笑《ほほえ》む。

あの人生でのレオは、いつも怒った顔をしていた。人の輪には加わらず、訓練を遠くからじっと見つめるばかりで、リーシェはレオのことを放っておけなかったのだ。

事あるごとにレオに話し掛けては、うるさそうに追い払われることを繰り返した。そんな日々を五年近くも続けたのだから、先ほどのレオにあんなことを言われてしまったのも仕方がない。

「あなたによく似た男の子のことを、ずうっと弟みたいに思っていたわ。だからさっき、姉みたいなことを言うなってあなたに怒られて、なんだか少し嬉《うれ》しかった」

「な……っ」

「出来ることなら、また後で。あなたと色々お話がしたいわ」

そう告げて歩き出そうとしたリーシェの背中に、レオが声を投げる。

「……女神の塔！」

「！」

リーシェは驚いて振り返った。深く俯《うつむ》いたレオが、こちらを見ずにこう続ける。

「大司教とミリアは、本当は大聖堂に行ったんじゃない」

「え……」

「大聖堂は、大人数が参加する大規模な行事に使われる。だけど、本当に神聖な儀式は、大神殿の一番奥にある女神の塔で行われるんだ」

頭の中に、侍女の人生で教えられた大神殿の地図が浮かび上がる。

女神の塔と呼ばれるものは、リーシェの知る未来には存在していなかった。その代わり、封じられた塔として忌避されていた場所が、大神殿の奥に存在している。

「ありがとう、レオ」

「……信じていいのかよ。俺が嘘《うそ》をついているかもしれないぞ」

「大丈夫よ」

リーシェはにっと笑う。淑女の微笑みというよりも、騎士人生でしていたような、悪戯《いたずら》っぽい少年のような笑い方だ。

「この瞬間に嘘をついたとしても、あなたは後から大声を上げて、『やっぱり嘘だ』って教えてくれるような気がするわ」

「……っ、うるさい！」

怒られてしまった。慌てて謝りつつも、リーシェは女神の塔へと急ぐ。

「変な大人」

回廊に取り残されたレオは、ひとりでぽつりと呟いた。

後ろ手に縛られた手首は、かなり複雑な結び方をされている。まったく無理だと言うほどではないが、解くにはかなり苦労するだろう。

「くそ。あれが俺たちの同業でないなら、一体なんなんだよ」

レオは舌打ちをしたあとで、走り去るリーシェの背中を見据える。

「あれが、未来のガルクハイン皇妃……」

＊＊＊

眩暈が起きないように気をつけながら、リーシェは大神殿の奥へと急ぐ。

頭の中で渦を巻くのは、先ほどレオから告げられた事実だ。

(レオにとっての『敵』の中に、ガルクハインが含まれている。アルノルト殿下の名前でなく、ガルクハインという国全体を指していたのは、一体なぜ？)

全貌がようやく見えかかっているのに、決定的な部分が欠けている。そんな心地がして落ち着かず、不穏な予感が湧き出てきた。

(公爵が、いきなり私をお嬢さまから引き離そうとしたのは、巫女姫だと気付かれたくなかったからのはず)

だが、それにしては少し不自然だったと思えなくもない。

(『誰かに気付かれないうちに』というよりも、『私に気付かせたくない』という意志を感じたわ)

思い出されるのは、つい一昨日の出来事だ。

（この人生で初めてお嬢さまに会ったとき、アルノルト殿下はミリアさまを冷たい目で見ていた。公爵も、アルノルト殿下が名乗った瞬間に、緊張したような顔を……）

他にも何か、違和感を覚えたことは無かっただろうか。

（この大神殿で見聞きしたこと。アルノルト殿下のこと。あの方に聞いた、幼いころのお話）

リーシェの中に、ひとつの可能性が浮かび上がる。

（まさか）

信じられない気持ちになりながら、辿《たど》り着いた塔の中に飛び込んだ。

塔といえど、フロアひとつは聖堂ひとつ分ほどの広さがあるようだ。入り口はエントランスホールになっており、左右に分かれた階段が伸びている。

リーシェがその階段を登り始めると、三階に辿り着いたところで人影を見つけた。

「オリヴァーさま！」

「おや、リーシェさま」

涼しい顔で振り返ったオリヴァーの足元には、大司教補佐のシュナイダーが項垂《うなだ》れていた。

シュナイダーは気を失っているようで、口の端から血の雫《しずく》を落としている。ぎくりとしたが、一撃で的確に落とされているだけで、それほど重傷ではないようだ。

「困りましたね。リーシェさまはお部屋でお休みいただくよう、修道士に伝言を頼んでおいたはずなのですが」

「これは、アルノルト殿下が？」

「ええ。そして我が君は大司教を追って、もう少し上の階におられます」

にこりと微笑んで上を指さすオリヴァーに、リーシェはこくりと喉を鳴らす。日頃アルノルトに物怖《ものお》じしないオリヴァーの態度は、こうして見るとなんとなく空恐ろしいものがあった。

「殿下を追います」

「やめておかれたほうが。我が君はいま、大層ご機嫌斜めですよ？　――なにせ、あなたがお怪我《けが》をなさったので」

思わぬことを言われて目を丸くする。

だが、オリヴァーのこの笑顔は、きっと嘘をついている表情だ。

「ご忠告ありがとうございます！　ですが、殿下が冷静でない状況なら、なおさら誰かがお止めしないと……!!」

「……」

リーシェは階段に足を掛け、再び駆け登る。

せっかく整えた呼吸は乱れ、肩で息をしながら上に向かった。やがて六階辺りに差し掛かったころ、一本の矢が落ちていることに気が付く。

（これは、祭典に使う巫女姫の神具）

拾ったあとで見上げれば、階段の上にはいくつもの矢が散らばっている。小ぶりな弓も落ちており、リーシェはぎゅっとくちびるを結んだ。

（女神を尊敬するお嬢さまが、神具を落としたままにする訳がない。拾えない状況か、そもそも意

識を保っていないんだわ）

弓矢を拾いながら、リーシェは七階の入り口に辿り着いた。

「アルノルト、殿下！」

「――……」

抜き身の剣を手にしたアルノルトが、ゆっくりとリーシェを振り返る。

本能的な恐怖でぞっとした。その姿はまるで、騎士人生で対峙《たいじ》した『皇帝』の姿だ。

だが、周囲に倒れた修道士たちが息をしていることと、アルノルトがリーシェを見るまなざしの種類が、あのときとは違う。

「どうした、リーシェ」

不思議なほどにやさしい視線で、アルノルトがリーシェに手を伸ばした。

「呼吸が乱れている。それに、顔色も良くない」

「殿下……」

「ここに来るまでに、どうせまた無茶をしたのだろう」

頬をするりと撫《な》でられたけれど、その手からは鉄錆《さ》びた血の臭いがした。

「巫女の子供は俺が助ける。お前は何も案じなくていい」

「……っ」

「だから、良い子で待っていろ」

あやすようなふりをしながらも、有無を言わせない声音だった。

「……できるな？」

海色をしたアルノルトの瞳は、静かにリーシェを見つめている。そこに宿る光は暗く、刃のように鋭かった。

「ひとつだけ、お聞きしたいことがあります」

アルノルトが、どうして教団の人間にリーシェを近づけまいとしたのか。

思い出されるのは、大神殿に来た最初の日の出来事だ。

リーシェとアルノルトはバルコニーで会話をした。けれどもその前に、リーシェは司教のシュナイダーと話している。

『――巫女姫に選ばれるのは、巫女の家系に生まれた女性のみとされています』

『男子は数名生まれておりますから、尊き女神の血筋が絶えたわけではありませんが』

『先代の巫女姫は、クルシェード語にとても長《た》けておりましてね。後にも先にも、彼女ほどの者はいないでしょう』

リーシェはひとつ、深呼吸をした。

ミリアの母であった女性が産んだ子供は、生涯ミリアひとりだけである。彼女が亡くなったあと、巫女姫の血を引く女性はミリアだけになった。

だからこそ教団は、ミリアの存在を隠しながら育てたのだ。

（だけど、他にも『存在を隠された』女性がいたとしたら？）

ミリアが生まれていたことを、教団が秘匿していたように。

（死んだことにされていた人が、生きていたとしたら）

アルノルトはリーシェに教えてくれた。

『あの一文を繋《つな》げて読むと、「花色の髪の少女」になる』

目の前に立つ彼を、リーシェはまっすぐに見つめた。

その手に重い剣を持ち、目を伏せてリーシェを眺めるアルノルトの姿は、絵画に描かれていそうなほどに美しい。

「あなたのお母さまの、髪色は？」

「……」

アルノルトは数秒の後、ふっと穏やかな笑みを浮かべた。

だが、その目はやはり暗い色をしている。まるで夜の海のような、底の知れない色合いだった。

静かなアルノルトの声が、こう紡ぐ。


「――……菫《すみれ》の花のような、淡い紫」

「……っ!!」


先代巫女姫は、死んだのではない。

恐らくは、『人質』として差し出されていたのだ。ガルクハインに、彼の父帝の元に、ドマナ聖王国への侵略を免れるために。

「あなたの母君が、亡くなったはずの、巫女姫さま……」

つまりはアルノルトは、巫女の血を引いている。

リーシェの脳裏に、司教のシュナイダーに言われた言葉が蘇《よみがえ》った。

『──アルノルト・ハインと結婚してはなりません』

教会がミリアを殺したい理由が、巫女の血を引くことに起因するのであれば。

巫女の血を引く子供が、新しく生まれてくることだって、阻止したいに決まっている。

（だからこそ、殿下は司教さまに対し、私を『飾りの妻にする』と仰《おっしゃ》ったのだわ！）

リーシェとのあいだに、『巫女の資格を持つ世継ぎ』を成す意思がないと、そう示すためにあんなことを言ったのだ。

つまりそれは、アルノルトの妃《きさき》となるリーシェに対し、教団が危害を加えないようにするための言葉だったのだろう。

（結局のところ、私を守るために）

アルノルトが大神殿に同行してくれたのも、教団を警戒してのことだったのかもしれない。なのにアルノルトは、そんなことを一度も口に出さなかった。

「巫女が殺されそうになっているのは、恐らく父帝の所為だろう」

「……！」

アルノルトにとっては従兄妹《いとこ》にあたるミリアのことを、彼は淡々と口にする。

そうしてリーシェに背を向けると、上階に繋がる階段へと歩き始めた。この階にミリアたちの気配はなく、アルノルトもそれを読み取ったのだろう。

「お父君が、ミリアさまの暗殺に関わっていると？」

「関与しているのではない。だが、原因はあの男だ」

リーシェはアルノルトの後を追い、一緒に階段を上ってゆく。アルノルトはこちらを振り返らず、言葉を続けた。

「ガルクハイン皇帝が、二十二年前、ドマナ聖王国に侵略しない代わりに、いくつかの条約を結ばせた」

「条約……」

ガルクハイン皇帝が、教団を擁するドマナ聖王国に攻め込まなかったのは、彼が敬虔《けいけん》な信徒だったからではない。

武力を盾に、秘密裏の盟約を交わしていたということだ。聖王国と、ガルクハインに嫁がせた巫女姫、そしてその貴重な血を引くアルノルトが人質になっていた。

「その中には、『今後二十年間、巫女の資格を持つ人間が生まれた場合は、すべてガルクハインに差し出す』というものがある」

「……では。ミリアさまの存在が隠されていた、最大の理由は」

「世間ではなく、我が国から巫女を守るためだろうな」

八階の入り口を過ぎ去り、九階までの階段へと差し掛かる。ともすれば息が上がりそうだが、それをアルノルトに気付かせたくなかった。

「父帝は、『条約が破られれば教団を滅ぼす』と宣言した。巫女の存在そのものが、この条約に抵触する」

「それでレオは、教団がガルクハインに滅ぼされると……」

リーシェの言葉に、アルノルトがこちらを振り返った。

「レオは、巫女の暗殺者ではなく護衛側だったか」

呟いたアルノルトに、さしたる感情は見えてこない。

彼はすぐさま前を向き、くだらなさそうに言い捨てる。

「教団も一枚岩ではないな。巫女姫を生かそうとする勢力と、ガルクハインに存在を知られる前に殺そうとする勢力で分裂しているらしい」

「大司教さまがミリアさまを殺そうとするのは、攻め込まれる理由を消すために？」

「『気づかれる前に殺せばいい』という考えは、あまりにも浅慮だがな」

アルノルトは、言い聞かせるようにリーシェへと告げた。

「祭典を再開させたのは、巫女を呼び出し、護衛の目が届かない状況に追い込むためだろう」

心臓がどくどくと鳴り響き、嫌な眩暈を生み出した。

貧血めいた症状が、先ほどまでよりも悪化している。運動量が増えた所為もあるが、明確な理由がほかにもあった。

（なんて殺気なの……）

アルノルトに纏《まと》わりついている殺気が、本能的な恐怖心を刺激するのだ。

これは危険なものであり、一刻も早く離れなくては命が危ない。そんな警告を体が発して、じわじわと嫌な汗が滲む。

「森に罠《わな》を仕掛けたのも、近隣の狩人《かりゆうど》の仕業に見せ掛けて殺せないかを狙ってのことだ。禁忌の森に入り込むのは、幼い巫女だけだろうからな」

アルノルトは、九階への入り口で立ち止まる。

「――だが、お陰でお前まで命を落としかけた」

「！」

アルノルトの低い声に、ぞくりとしたものが背筋を走った。

「殿下……！　どうか、お心を鎮めてください。このままでは、不要な死人が出てしまいます」

「不要？　なぜ？」

目の前の扉に向かって歩きながら、アルノルトは言う。

「条約を破り、服従しない意志を見せたのは教団の方だ。こちらの命を狙ってくるのであれば、あちらを殺しても構わないだろう」

「一枚岩ではないのだと、たったいまあなたも仰ったはず……！　ひとつの組織に所属する人々が、すべて同じ考えな訳ではありません！」

アルノルトは返事をしない。

その代わり、重厚な扉に向かって右脚を振り上げると、扉を一気に蹴り開けた。

「っ！」

その瞬間、雨のような矢が降り注ぐ。

リーシェが身構えるより先に、アルノルトが一歩踏み込んだ。右斜めに薙《な》ぎ払われた彼の剣は、すべての矢をまとめて弾き飛ばす。

(弓兵が、一斉に発射するのを利用して……！)

その大広間には、修道服を来た十数人ほどが、背後の祭壇を守るように弓を構えていた。

彼らは動転しきっている。けれどもアルノルトの双眸《そうぼう》は、修道士に見向きもしない。気を失ったミリアを引きずって、祭壇に向かおうとしている大司教の姿しか見ていないらしい。

「追い詰めた」

その目はまるで、肉食獣のようだ。

「まさか、祭壇で巫女を殺す気でいるのか？　滑稽だな」

アルノルトは、大司教を見据えて楽しそうに笑った。

「そんなもので行いが正当化されると、あの老人は本気で思っているのか。馬鹿馬鹿しい」

「殿下……」

「お前はここにいろ。……オリヴァー」

「仰せの通りに」

「！」

いつのまにか、背後に従者のオリヴァーが立っていた。

(気付けなかった。これくらいの不調で、ここまで鈍るだなんて)

リーシェはぎゅっと両手を握り締める。だが、アルノルトは止めるまもなく大広間の奥へと駆け出した。

追いかけたいのに、オリヴァーの手がリーシェの肩を掴む。振り払うほどの余裕がなく、リーシェはオリヴァーを振り返った。

「オリヴァーさま！　このままでは、殿下は大司教さまを」

「殺してしまわれるでしょうね。ですが、ご安心を」

オリヴァーはにこりと微笑んで、優秀な従者の表情で言う。

「そうなった場合も、教団の元老院は大司教を切り捨てて終わりでしょう」

「それは……」

「巫女姫が存在していたことも、それを隠していたことも、暗殺騒動も。すべて死んだ大司教の罪として、皇帝陛下に謝罪を申し入れるのではないですかね。——そのあとはミリア殿をガルクハインに差し出して、『遅くなったけれど、これで条約通り』と片付けるはずです」

頭がずきずきと痛くなる。吐き気にも似た感覚が、胸の奥からせりあがった。

「きっと、遅かれ早かれこうなっていましたよ。教団が祭典を再開すると公表した時点で、皇帝陛下も興味を示されていたようですから。ミリア殿の存在を利用して、皇帝陛下が教団相手に戦争をなさるよりも、ずっと穏便な顛末《てんまつ》ではないでしょうか」

「穏便だなんて、そんなわけは……」

「ですが」

オリヴァーが、完璧だった微笑みを消す。

そうして、どこか寂しそうな笑顔を浮かべてリーシェを見た。

「従兄妹であるミリア殿をお助けするために、何人も殺してしまったのでは、我が君の抱えるものが増すばかりですよね」

「……オリヴァーさま」

「出来ることなら、リーシェさまに救っていただきたいと思っています。——我が君が望んでもいないのに、差し出がましい願いではありますが」

「……！」

オリヴァーの手が、リーシェの肩から離れた。

アルノルトは、迫り来る修道士たちの矢を避け、剣で払いながら祭壇に向かっている。距離が近づく分、命中率も高くなっているはずだが、それをものともしない。

（あの調子なら、殿下はすぐに祭壇まで辿り着いてしまう。だけど）

大司教の腕が、ミリアを祭壇の上に押し上げる。

（まずは、お嬢さまをお助けしなくては！）

アルノルトは疾《はや》いけれど、凶事の瞬間には間に合わない。リーシェは、先ほど拾った神具の弓を握り締めた。

ミリアが使う予定だった巫女姫の弓だ。本来ならば祭典に使用する、神聖なものである。

（ごめんなさい、お嬢さま）

リーシェは深く深呼吸をした。

（大切な神具を、お借りします）

「リーシェさま……？」

ゆっくりと矢をつがえたリーシェを見て、オリヴァーが目を丸くする。

「無茶です！　ここから祭壇までかなりの距離がある、訓練された弓兵ですら当たるはずが」

「今は、これしか方法がありません」

両足を肩幅まで広げ、大司教に向けて静かに構える。

狙うのは足だ。命に支障がなく、確実に動きを封じることが出来て、痛みの大きい部位。

そこを射抜けば、ミリアへの危害を止められる。

「リーシェさま！」

（ここは屋内で風もない。遮る木々や草がなく、標的は野生動物のように逃げ回らないわ）

努めて深呼吸を繰り返し、集中力を一気に研ぎ澄ませる。

そうすることで一時的に、周囲の音や声すら聞こえなくなった。

（だから）

弦をぎりぎりと引き絞る。

矢をつがえた手を、耳の横まで引き切って、震えないように注意を払った。

（五度目の人生において、狩人として生きていた時の『狩り』よりも、ずっと容易《たやす》い）

蝶《ちょう》や鳥の飛ぶ位置を見て、今後の天候を読みながら動く必要もない。

木に登って身を潜める必要もなく、自分の気配を極限まで殺すこともせず、獲物の気配を辿りながら山を歩き続けなくても構わないのだ。

矢尻の先の大司教が、ミリアに向かって手を伸ばそうとする。

（――……今‼）

確信が生まれた瞬間に、リーシェはまっすぐに矢を射《い》った。

びゅうっと風を切った一本の矢が、アルノルトの横を通り抜ける。一瞬こちらを振り返ったアルノルトが、すぐさま正面に視線を戻した。

そして、その直後。

「ぐあああっ！」

大腿部《だいたいぶ》を押さえた大司教が、悲鳴を上げて壇上から転げ落ちる。後ろで見ていたオリヴァーが、息を呑んだ気配がした。

「百メートル以上はあるというのに、これほどの精度で射抜くとは……！」

「オリヴァーさま、これをお願いします！」

オリヴァーに神具の弓を押し付けて、リーシェも祭壇の方へと駆け出す。体の怠《だる》さや吐き気など、いまだけは感じないふりをした。

（大司教さまの動きは封じた。あとは――）

剣を手にしたアルノルトが、大司教の元へと歩いて行く背中が見える。

こつり、こつりと刻まれる足音が、大広間の張り詰めた空気を増幅させていた。弓を構えていた十人ほどの修道士たちは、蜘蛛《くも》の子を散らすように逃げていく。

「アルノルト殿下！」

リーシェがアルノルトを呼んだって、振り返ってくれる気配もない。

壇上への階段途中で蹲《うずくま》った大司教が、アルノルトを見上げ、矢の刺さった脚を押さえながら叫び声を上げた。

「近寄るな！」

「黙れ」

アルノルトが、冷ややかな声で言い放つ。

彼がいまどんな表情をしているのか、背を向けられているリーシェには窺《うかが》えない。だが、後ろに這うようにして逃げようとする大司教の顔は、はっきりと分かる。

「俺は、お前の発言を許していない」

「ひ……っ」

大司教は、一体何を見たのだろうか。

年老いた顔は引き攣《つ》って青褪《あおざ》め、震えている。アルノルトは、祭壇の上に寝かされたミリアを一《いち》瞥《べつ》し、興味がなさそうに言った。

「先代巫女の妹とやらは、随分と体が弱かったそうではないか。子を産むことは難しいと判断され、だからこそ『条約』を免れた」

「こちらに来るなと言って……」

「にも拘《かかわ》らず、だ」

こつり、と最後の靴音が鳴る。

立ち止まり、大司教を眼下に見下ろしたアルノルトが、静かに問い掛けた。

「何故《なぜ》、その『娘』がここにいる？」

「っ!!」

蒼白《そうはく》になった大司教は、手振りを交えながら懸命に訴える。

「私は内心で、反対していたのだ！」

「ほう？」

「ガルクハインに逆らうなど愚の骨頂！　だからこそ私は二十二年前、その意思を示すために、教団にとって最も大切な巫女姫を差し出すと決めたんだぞ!!」

祭壇まで駆けながら、リーシェはぎゅっとくちびるを結ぶ。

大司教はアルノルトの沈黙に構わず、そのまま声を張り上げた。

「だが、枢機卿《すうききょう》の計画に逆らうのは得策ではない。だからこそ賛成したふりをし、十年掛けて機を狙っていた！　ミリアを生かし続けていれば、ガルクハインとの対立は免れない。そうなれば再び戦争となり、世界の平和は乱される……!!」

「……」

「枢機卿と対立しようとも、私にはガルクハインに逆らうつもりなど毛頭ない。ミリアを葬ると決めたのは、貴殿やお父上への恭順を示そうとした結果なのだ！」

　大司教が、胸の前できつく両手を組む。

「すべては、平和な世界を作り出すために」

「……」

　老人は、女神ではなくアルノルトに祈りを捧げながら、震える声で口にした。

「どうか、それだけは分かってくれ……！」

　世界屈指の聖職者である大司教が、アルノルトに向けて懇願する。

　だが、返ってきたのはすげない声音だ。

「どうして俺が、そのくだらない祈りを聞き届けてやらねばならない？」

「……っ!?」

　大司教が、驚愕《きょうがく》を浮かべてアルノルトを見上げる。

「貴様が作り出す世界など、俺にとっては何の価値もない。……俺なら、父帝のように、貴様らを生かして見逃すようなことはしない」

「く……」

「ただ、非常に都合の良いものではあるな」

　アルノルトは多分、笑ったのだ。

　表情の変化があったことは、大司教の顔色を見ていればすぐに分かった。

「その条約は、ここで俺が貴様を殺す、『正当』な理由になるようだ」

「や、やめ……」

そのとき、リーシェはようやくそこへと辿り着いた。

「殿下!!」

アルノルトの袖を掴み、息を切らしながら名前を呼ぶ。けれどもアルノルトは返事をせず、こちらを見ることすらしてくれない。

もう一度、それこそ祈るように名前を呼ぶ。

「アルノルト、殿下……」

「……」

数秒ほどの沈黙のあと、アルノルトが眉根を寄せて振り返る。

「リーシェ。まさか、こいつの命乞いをする気ではないだろうな」

「……その通りです。お願いですから、どうか、その剣をお納めください」

だが、アルノルトは嘲笑に近い笑みを浮かべてリーシェを見た。

「お前がそう言えるのは、この件で命に危険が及んだのが、自分ひとりで済んだからだろう」

「……それは……」

「お前は、自分の安全に対して無頓着すぎる。まるで、『人間は一度死ねば終わり』だということが、思考から抜け落ちているかのように」

内心でひやりとしたものの、顔に出すようなことはしない。今はただアルノルトの目を見つめ、懸命に訴えた。

「ここでこの方を殺しては駄目です。あなたがクルシェード教団大司教を殺してしまえば、たとえミリアさまをお救いしたという結果があろうとも、教団との分断は避けられません」

「どうでもいいな。そんなことは」

「あ！」

リーシェの手は、アルノルトに容易く振り払われてしまった。

しがみついてでも止めたいけれど、アルノルトはきっと物ともしないだろう。リーシェが大司教の前に飛び出したところで、同じく力で押し負ける。

（殺させない。……アルノルト殿下に、自分がお父君と同じ手段しか取れないのだと、そんな風に考えて欲しくない）

殺してしまえばそれで終わりだ。

何しろリーシェは知っている。アルノルトは、対象を殺してそれで解決とするような、そんな思考の人間ではない。

だが、アルノルトは大司教の方に一歩踏み出す。

（とにかく殺意を少しでも削《そ》いで。殿下の気を逸らして！　この方の思考を、一瞬でも怒りから引き剝がせるような方法は……!?）

アルノルトが、刃の角度を定めるように剣を握り直した。

大司教は怯《おび》え切り、動けそうにない。そんな中で、リーシェは必死に考える。

（たとえば、私がここ最近で一番驚いたことは何？）

それまでの思考や感情を、全部上書きするほどのこと。

そう考えた瞬間に、ひとつの光景が蘇った。

（これなら……！）

思い付いたのなら、行動を迷っている暇はない。

リーシェはアルノルトに駆け寄って、彼の首へと手を伸ばす。

「アルノルト殿下!!」

「！」

そして、ぎゅうっとその首に抱きついた。

体重を掛けるように引き寄せて、アルノルトの首筋を見上げる。背伸びをし、立襟から覗く肌の部分に狙いを定め、リーシェはそこにくちびるを寄せた。

「……っ、何を……」

返事はしない。


そのまま大きく口を開くと、『がぶうっ！』とアルノルトの首筋に噛《か》み付いた。


「…………──は？」

耳元で、アルノルトの唖然《あぜん》とした声が聞こえる。

大広間がしいんと静まり返り、アルノルトの殺意にも揺らぎが生じた。それと同時、彼の左手で

腰を掴まれ、リーシェは「ぷあっ」と口を離す。

互いの体が少しだけ離れたあと、青い瞳が間近にリーシェを見下ろした。

「……何をしているんだ、お前は」

アルノルトはものすごい渋面だ。

殺気は削がれたように思うのに、先ほどよりも怖い顔をしている。

後方でオリヴァーも絶句している気配がするし、へたり込んだ大司教はぽかんとしていた。アルノルトに腰を掴まれたまま、リーシェはひとつ瞬きをする。

「何って」

数秒置いて、ハッとした。

「もしかして、痛かったですか!?」

「そういうことを言っているんじゃない……！」

珍しく少し大きな声に、ちょっとだけびっくりする。

（でも、痛くなかったのであれば良かった）

リーシェはほっと息をついたあとで、アルノルトの頬に手を伸ばす。

そして、真摯にアルノルトを見上げて告げた。

「今のは、あなたに私を見ていただくための我《わ》が儘《まま》です」

「！」

彼の頬を両手でくるみながら、じっとその目を見つめる。

青い瞳の中に、リーシェの姿が映り込んでいるのを確かめながら、ゆっくりと告げた。

「大司教さまの計画は、失敗に終わりました」

「……」

「あなたがここにいらっしゃる以上、彼は恐怖で動くことも出来ない。勝手な振る舞いをするのは、もう不可能です」

リーシェが静かに一瞥するも、大司教は青褪めた顔でびくりと肩を跳ねさせるだけだ。

怯え切り、四肢は強張《こわば》っていて、少し休まなければ立つことも出来ないだろう。だが、アルノルトは目をすがめる。

「この男が語った言葉に、正義などない」

紡がれたのは、普段よりも低い声音だ。

「この男が、巫女の血筋の遠縁に当たることは調べがついている。直系の巫女を殺せば、この男の優位に働くこともあるだろう。私利私欲で幼い子供を殺す聖人に、存在意義があるとでも？」

アルノルトはそう言って、彼の頬をくるんだリーシェの手に、自身の手を重ねる。

「教団の枢機卿にこの件を問い詰めれば、連中は喜んでこの男を差し出すぞ。たとえ巫女の暗殺に枢機卿の数名が関与していたとしても、素知らぬ顔で切り捨てる」

アルノルトが、互いの指を緩く絡めるように繋ぐ。そのあとで、リーシェの手を、彼の頬から離させてしまった。

だが、リーシェはアルノルトから目を逸らさない。

「たとえ、そうであっても。……それならば、尚更《なおさら》」

どこか寂しい気持ちになりながら、リーシェは告げる。

「私は、アルノルト殿下に、望まない人殺しなどしてほしくはないのです」

その瞬間、アルノルトが僅かに目をみはった。

「……この男を殺すのは、いまの俺の望みだ」

「いいえ、そうではありません」

リーシェがはっきりと断言すれば、アルノルトは訝《いぶか》るように目を伏せる。

「あなたの殺意は、あなたの為《ため》にあるものではない。きっと私の為、ミリアさまの為に……」

そしてあるいは、彼の母の為にあるものだ。

過去の戦場で『残虐な皇太子』と恐れられ、未来の世界で『血も涙もない暴君』と畏怖されるアルノルトの現在の姿を、リーシェはよく知っている。

「あなたは先ほど、私が自身の安全に無頓着だと仰いました。けれども私にとっては、アルノルト殿下こそ、ご自身の感情に無頓着であらせられるように思えます」

「何を……」

リーシェはそっと手を伸ばす。

「お願い、ですから」

今度は頬に触れるのではない。

俯いて、剣を持ったアルノルトの袖を、ぎゅっと掴んだ。

「……あなたみたいにやさしい人が、人を殺しても平気なふりなんか、もうしないで……」

「────……」

視線を落としていた所為で、アルノルトの表情は見ることができない。

けれど、いまここで顔を上げると、その先に紡ぐ声が震えてしまいそうだった。

（駄目）

アルノルトに一方的な願いを向けておきながら、ここでみっともない姿を晒《さら》すことは出来ない。

リーシェは浅く呼吸をすると、心根の揺らぎを抑え込み、まっすぐにアルノルトを見上げる。

そして、堂々とした声音で告げた。

「殺してしまっては、そこですべてが終わりです。計画の全容も、関与していた人物も、洗い出すことが難しくなってしまう」

「……」

「せっかくであれば。──使えるものはすべて有効利用なさるのが、アルノルト・ハイン殿下でしょう？」

アルノルトは、静かにリーシェを見据えながら尋ねてくる。

「この男が、己の企《たくら》みを正直に吐き出すとでも？」

「はい。信じています」

「こいつの何処《どこ》に、信じられる要素がある」

そう問われて、はっきりと答えた。

「私が信じるのは、アルノルト殿下ですから」

アルノルトが、ぐっと僅かに眉根を寄せる。

そのあとで、深呼吸にも似た溜め息をついた。彼は大司教に向き直ると、右手の剣を左手に持ち替え、それを一気に振り下ろす。

「ひ……っ!!」

大理石の割れる音がした。

大司教の真横には、アルノルトの剣が突き立てられている。殺気がないことは分かっていたが、リーシェも一瞬肝が冷えた。

震えてまともに話せない大司教を見下ろして、アルノルトは静かに口を開く。

「お前の命は、妃に免じて許してやる。誰が恩人であるかを、ゆめゆめ忘れるな」

「ひっ、わ、分かっ……」

「だが、これで助かったなどという愚考は抱かないことだ。貴様の持つ情報はすべて、どんな手段を使ってでも引き摺《ず》り出すのだからな」

アルノルトはそこで膝をつき、大司教の間近でこう告げた。

「——いずれ、ここで死んでいた方がマシだったと、そう思わせてやる」

「……っ!!」

傍らで聞いていただけのリーシェすら、ぞくりと鳥肌が立つような心地がする。

剣を手にしていたとき以上の殺気が場を支配して、リーシェは反射的に身を強張らせた。

立ち上がったアルノルトが剣を引き抜き、鞘《さや》に納める。だがそのとき、大広間の入り口に、十数人の気配が近づいていることに気が付いた。

（教団側の、新しい兵!?）

振り返ったと同時に、大きな扉が開け放たれる。

その先頭に立っていたのは、先ほど階下で倒れていたはずの司教、シュナイダーだ。

（何故ここに……いいえ、考えている暇はない。ミリアさまが目を覚ます前に、対処しないと）

身構えようとしたリーシェの前に、アルノルトが手をかざす。

「アルノルト殿下？」

リーシェを止めるような動きに首をかしげると、アルノルトは平然とこう言った。

「あの男は、恐らく大司教の敵だ。最初からな」

「敵って……それでは、まさか」

次の瞬間、大広間の状況を見渡したシュナイダーが、背後に引き連れた修道士たちへこう叫んだ。

「見よ！　盟友国ガルクハインの皇太子、アルノルト殿下が、大司教の手から巫女姫を救ってくださったぞ！」

「!!」

その直後、わあっと歓声が響き渡った。

「あ……」

リーシェはぽかんとしてしまう。

正直なところ、このあとの状況は、危うくもあったのだ。

なにしろミリアは気絶し、大司教は茫然自失《ぼうぜんじしつ》としている。そしてアルノルトは、襲ってきた修道士に剣を向け、昏倒《こんとう》させながらここまで来た。

（ミリアお嬢さまを助けようとしたことが信用されず、教団を敵に回してしまう可能性もあったわ。だけど、シュナイダーさまのおかげで）

修道士たちが駆け寄ってきて、大司教を拘束する。

一方で彼らはアルノルトを見上げ、口々に感謝の意を述べた。

「アルノルト・ハイン殿下！　あなたさまのお陰で、ミリアさまのお命を救うことが出来ました」

「本当に、なんとお礼を申し上げて良いか……!!」

アルノルトは、心底不快そうに眉根を寄せたあと、黙って視線をシュナイダーに向ける。

シュナイダーの隣には、リーシェの縄から抜け出したらしきレオが立っていて、複雑そうにこちらを見ていた。

（シュナイダーさまは、ミリアさまにレオという護衛をつけた、張本人なのだわ）

リーシェはほっと息をつく。そこに、血相を変えた男性が転がり込んできた。

「ミリア!!」

「お待ちを、ジョーナル閣下」

シュナイダーが、ミリアの養父である公爵の腕を掴む。

「大司教の手先が、まだ潜んでいるかもしれません。あなたはここで……」

「すまない、離してくれ！」

シュナイダーの手を振り払い、公爵がミリアの元に走った。

その視界には、アルノルトやリーシェの姿すら入っていない。彼は、修道士たちが抱き上げていたミリアの元に駆けつけて、きつく抱きしめる。

「ミリア!!」

「……っ、パパ……？」

ゆっくりと目を覚ましたミリアが、公爵の顔を見てまばたきをした。

数秒のあと、茫洋《ぼうよう》としていた瞳が焦点を結び、公爵に向かって手を伸ばす。

「パパ!!」

「ああ……!! 可哀想《かわいそう》に、怖かっただろう、どこか痛いところはないか!?」

ミリアを抱きかかえたまま、公爵は涙声で何度も謝罪を述べた。

「私は大馬鹿者だ、本当の敵が誰かも分からず!! 大司教の言葉を信じ込み、結果としてお前を渡してしまった。命よりも大切なお前を、守ってやれなくてすまなかった……!!」

「ふっ、ふえ、うぇえ……」

「私は父親失格だ。こんなことではもう、お前と一緒にいることが許されるはずも……」

「ちがうもん。ちがう、ちがう……!!」

ぶんぶんとかぶりを振るミリアの言葉に、公爵が戸惑った様子を見せる。

「私、大司教さまにお薬を飲まされたあとに、ずうっと夢を見ていたの！ 大神殿にいて、上から危ないものがたくさん降ってきたときに、パパが助けてくれた夢よ」

「私が……？」

「パパはそのせいで具合が悪くなったのに、私のためにずっと、『昔からの病気のせいだ』って嘘をついてくれた。ね？　パパは私の夢の中でも、私を守ってくれていたの！」

ミリアはぎゅうっと公爵にしがみつき、泣きじゃくりながら言う。

「パパの夢を見ていたから、私は絶対に助けてもらえるって思ってた。だから、だからパパ、そんな風に泣かないで」

「ミリア……」

「心配かけてごめんなさい、パパ。でも、でも、だけど」

紡がれたのは、とても小さくて心細そうな声音だった。

「良い子になるから、ずうっとミリアのパパでいて……」

「っ、当たり前だ……!!」

娘の不安を掻《か》き消すかのように、公爵が叫ぶ。

「忘れないでくれ。お前がどれだけ悪い子になっても、パパは一生お前が大好きで、お前の味方だということを」

「っ、パパぁ……！」

わあわあと、ミリアの声が響き渡る。

侍女人生のリーシェは、彼女の泣き声を聞かないためにも頑張ってきた。だが、いまだけは、彼女の泣き顔を見てほっとする。

そして、隣のアルノルトを見上げた。

「……難しいお顔をしていらっしゃいますね？」

「公爵とあの巫女は、血縁ですらないのだろう」

ほかならぬミリアの血縁者は、眉根を寄せたままだ。

「それなのに、何故あそこまで巫女の身を案じているのか。まったく理解できないな」

「あら。大神殿に来る道中、アルノルト殿下が仰ったんですよ？　『血の繋がりは、良好な関係性を築けるかどうかには、一切影響しないものだ』って」

すると、それがなんだという表情をされる。

アルノルトはあのとき、『血が繋がっているからといって、互いに仲良くできる訳ではない』と言いたかったはずだ。しかしリーシェは、その台詞《せりふ》を逆手に取ってこう告げた。

「つまり、アルノルト殿下の仰る通り。『仲良くなれるかどうかに、血の繋がりなんて一切関係ない』ということです」

「…………」

「血が繋がっていなくても、あのおふたりは紛れもない親子なのでしょう」

アルノルトは、しばらく不本意そうにしたあとで、数秒置いてから溜め息をついた。

「まあいい。オリヴァー」

「はい殿下。お叱りを受ける準備は出来ておりますよ」

こちらに歩いてきた銀髪の従者オリヴァーが、にこりと爽やかな笑みを浮かべる。オリヴァーがアルノルトを『我が君』と呼ぶのは、基本的に第三者の目がないときだけだ。

「リーシェさまを引き留めておくようご命令を賜っておきながら、行かせてしまって申し訳ございませんでした。とはいえ恐れながら、自分の判断は正解だったかと」

「……」

「まさかリーシェさまが、あんな方法で殿下を止めて下さろうとは……ふふっ、くくく……」

「…………」

「残念でしたよ！　勿体《もったい》ない、是非ともあのときの殿下の表情を拝見したかっ……痛あ!!」

(蹴った!!)

脛《すね》を押さえて蹲ったオリヴァーを前に、リーシェは目を丸くした。

アルノルトが、無言でオリヴァーの脛を蹴飛ばしたのだ。以前から思っていたが、オリヴァーに対するアルノルトは、十九歳という年齢相応の振る舞いを見せることが多いような気がする。

「だ、大丈夫ですかオリヴァーさま!?」

「行くぞリーシェ。なんでもいいから、お前はいますぐ休養を取るべきだ」

「え。でもあの、オリヴァーさまが苦しんでいらっしゃいますが」

「放っておけ。ついてこないなら抱え上げて移動する」

「ひえ……」

心の中でオリヴァーに謝罪し、リーシェはアルノルトと一緒に歩き出そうとした。

だが、ふらりと足元が歪《ゆが》んでしまう。床に座り込んだリーシェを見て、アルノルトは迷わずに身を屈《かが》めた。

「あ!!」

この状況には覚えがある。だからこそ、リーシェは慌てて声を上げた。

「お、お姫さま抱っこはお許しください!!」

「……ほう」

手のひらをアルノルトに向け、静止を要求する。

「自分で歩けますから、大丈夫！　ちょっと休めば……って、ひゃあ!!」

その瞬間、ふわりと体を持ち上げられて絶句した。

(で、殿下――――っ!!)

「横抱きじゃなければいいんだろう？」

叫ばなかっただけ褒められたい。

以前にされた抱え方とは違い、縦に抱えるような体勢だ。

アルノルトの左腕にお尻を乗せ、右腕で背中を支えられて、こちらは彼の肩に腕を回す。そうすることで、かろうじてバランスを保てるような状態だった。

(殿下は細身に見えるのに、どうしてこれほどの腕力が!?　というかこれ、下手にお姫さま抱っこをされるより、くっつかなきゃいけない部分が多くて恥ずかしいような……!!)

抱き上げられているため、アルノルトを見下ろす形になるのが新鮮だが、それを楽しんでいる暇はない。

修道士たちがざわざわと動揺し、驚愕の目でこちらを見上げている。必然的に頬が熱くなり、アルノルトに懇願した。

「アルノルト殿下！　私は問題ありませんから、ひとまずここは一旦っ！　あの」

「降ろさない」

「ふぐぅ……!!」

困り果てるが、絶対に降ろしてもらえないのは知っている。誰か助けてくれないかと見渡すも、唯一発言してくれそうなオリヴァーは蹲ったままだ。

こんなことならば、オリヴァーを見捨てるのではなかった。リーシェが後悔しているあいだにも、アルノルトは構わずに歩き始める。

しかも、その声はいささか不機嫌そうだ。

「体力が戻っていないのに、動き回るからだ。お前はいつも無茶をする」

「こ、今回に限ってはどなたの所為だと……！」

すると、アルノルトはふっと息を吐き、少し自嘲めいた響きを漏らすのだ。

「俺だな」

左の胸が、ずきりと淡い痛みを覚える。

そこに、司教のシュナイダーが進み出て来た。

「アルノルト殿下。お時間をよろしいですか」

「見ての通り、妻が急病だ。面倒な話は後にしてもらう」

(見ての通りとは!?)

アルノルトはまっすぐに、大広間の出口へと向かっている。立ち止まる気がないのを悟ったのか、シュナイダーは追ってこなかった。

その代わりに、冷静そうな瞳でリーシェを見上げる。

思い出したのは、シュナイダーに告げられた警告のことだ。

『アルノルト・ハインと結婚してはなりません』

「……」

リーシェは、アルノルトにぎゅうっと抱きついた。

その上で、強い決意を込めてシュナイダーを見据える。するとシュナイダーは、心底驚いたように目を丸くするのだ。

そして、リーシェに深く一礼する。

「どうした」

顔が見えなくなったアルノルトに尋ねられ、リーシェはそのままの体勢で答える。

「……私がぎゅうってしてないと、殿下が階段でバランスを崩して危ないので……」

「は」

ひょっとして、嘘をついたのは気付かれただろうか。

だが、アルノルトの声音は不思議と楽しそうだった。まるで子供をあやすかのように、リーシェの背中を支えていた手で、とんっと撫でてくれる。

「何があっても、お前に怪我はさせないから心配するな」

「ご、ご自身のお体も大事にしてください！」

そう言うと、「お前に言われたくはない」と反論された。

不本意だったが、この体勢ではあまり強く言い返せそうもない。何しろ心臓はどきどきして、頬がいつまでも火照ってしまうのだ。

「……」

リーシェはさりげないふりをして、先ほど自分が噛みついたアルノルトの首筋を撫でる。

そのあとできつく目を瞑《つぶ》り、「早く殿下が降ろしてくれますように」と、長い階段のさなかで祈るのだった。

＊＊＊

それから、アルノルトによって部屋へと運び込まれたリーシェは、強制的に休養を取らされた。

アルノルトは普段なら、リーシェの望みを大抵は聞いてくれる。だが今回は、「ちょっとお片付けを手伝いに」だとか、「ミリアさまの体調を確認したいのですが」と言ってみても、許してくれない。

仕方がないので大人しく休み、体力が回復した翌日の午前中、アルノルトと揃《そろ》ってシュナイダーからの話を聞いた。

「元より教団の枢機卿は、いくつかの派閥に分かれていました」

シュナイダーはグレーの髪を、今日も几帳面《きちょうめん》に後ろへと撫で付けている。

目元には随分と疲れが見えた。昨日からいまに至るまで、相当な苦労があったことが窺える。

「ミリア殿を隠し育て、その存在をガルクハインに秘匿しようとする派閥。そして大司教のように、ガルクハインを恐れ、ミリア殿の存在を消すべきだと考える派閥です」

痛ましい事実に、リーシェは眉根を寄せる。

「ミリアさまを害そうと考える人たちが、複数存在していたということですね」

「はい。ですが、それは極めて少数派でもあります。女神の血を引く巫女姫は、我々にとっての信仰対象ですから」

その言葉に、少なからず安堵《あんど》した。

だが、シュナイダーの言葉を手放しに信用してもいいという訳ではないだろう。それは、隣に座るアルノルトも同意見だったようだ。

「信仰対象だという割には、あの巫女に囮《おとり》めいた真似をさせていたようだが？」

アルノルトは、リーシェと同じ長椅子に腰を下ろし、その肘掛けに頬杖《ほおづえ》をついている。

傍らには、彼の剣が立てかけられていた。本来ならば、廊下で控えているオリヴァーに預けておくべきものだ。

「巫女を守る気があるのなら、大司教の手が及ぶ場所に連れ出すべきではなかった。巫女を隠し育てる派閥が多数派なのであれば、巫女を公の場に出さないような方針で進めるなど、容易なことだったはずだろう」

アルノルトの言う通りだ。

大司教の企みについて、補佐であるシュナイダーが察知していたのであれば、そもそもがこんな事態にならないように動くべきだった。

「巫女を隠し育てる派閥と、排除すべきだという派閥。――貴様がどちらに属しているのか、分かったものではないな」

「私は、そのどちらでもありません」

「ほう？」

アルノルトは、どうでもよさそうにシュナイダーを見る。

シュナイダーは、膝の上に乗せた両手の指を組み、前に身を乗り出すようにして言った。

「私の策が、ミリア殿を危険な目に遭わせるものであったことは確かです。しかし、大司教は早急に排除すべきでした。その為には、『大司教が巫女姫を排除したがっており、それを実行しようとしている』事実を証明せねばならなかった。それには、決定的な証拠が必要です」

「そのために、ミリアさまを大司教さまに襲わせて、それを多くの修道士に目撃させたと？」

リーシェの問いに、シュナイダーは俯く。

「正直なところ、この状況でガルクハイン皇太子が大神殿を訪れたのは、誤算としか言いようがなかった」

それは、シュナイダーの本心だったのだろう。

「大司教は私たちの敵ですが、同時にあなた方も敵でした。大司教の目論見《もくろみ》を暴こうとも、ガルクハイン皇太子に巫女姫の存在が知られれば終わりですから」

「それであのとき、レオを私のところに向かわせたのですか？」

「リーシェさまに武術の心得があるだろうということは、あの子から報告を受けておりましたので。……まさか、我が『孤児院』で最も優秀な子供が、容易く負けてしまうとは思いませんでしたが」

そして彼は、「あの子もまだまだですね」と苦笑した。

その口ぶりを聞くに、レオの言っていた『父親代わりではない』という言葉は本当らしい。どちらかといえばシュナイダーの様子は、教え子を見守る師のようだ。

きっと大司教は、孤児院がそういった訓練機関だったということは、知らなかったのだろう。

「レオが、罠の仕掛けられた森に出入りしていたのは何故ですか？」

「大司教の仕掛けた罠の位置を把握し、報告させる為です。大司教が禁足とした森に、私は容易に立ち入れませんから」

レオのような幼い子供であれば、単なる悪戯で看過される。

シュナイダーの言わんとすることは、分からない話ではない。だが、素直に受け入れられるかどうかは別だ。

「大司教さまは、お転婆なミリアさまが森に入り込むかもしれないことを想定し、事故に見せ掛けて殺すための罠を用意したと思われます。そして事実ミリアさまは、あの森で危険な目に遭われた。

そうなる可能性があると分かった上で、罠を放置させたのですか」

「危険な目に遭う直前に、レオがお守りするはずでした。……あれが目を離した結果、ミリアさまは森に入り込み、その身を危険に晒してしまった」

シュナイダーは、静かな目でリーシェを見る。

「万が一のことがあれば、私はこの手でレオを罰したあと、私自身の命をもってして女神に詫《わ》びていたでしょう」

「……」

リーシェはぐっと眉根を寄せる。

リーシェの知っている未来において、レオは生死を彷徨《さまよ》う折檻《せっかん》を受け、片目を失っているのだ。クルシェード教団の幹部にも、シュナイダーという男はおらず、大司教の座には別の人物が就いていた。あれはきっと、シュナイダーの言う「万が一」が起きた結果なのだろう。

「御託はいい」

アルノルトが、低い声でシュナイダーに告げる。

「お前が答えるべきは、どういうつもりで今回の状況を作り出したのかという点だ。巫女を生かす気があるのかどうか、我が父帝への接し方も含めてな」

「私などの考えを、お耳に入れてくださるので？」

「白々しい。どうせお前が次の大司教になるのだろう？」

「それは、アルノルト殿下のお心次第です」

その言葉に、アルノルトは眉を顰《ひそ》めた。

「先ほど申しましたように、教団にはいくつかの派閥があります。巫女姫をガルクハインから隠し育てるか、ガルクハインに知られる前に排除するか。……私は当然ながら前者でしたが、今はそうではありません」

「シュナイダーさまの、お考えは？」

「あなた方と、協力関係を結びたいのです」

リーシェが目を丸くすると、シュナイダーはふっと息を吐いて苦笑した。

「ガルクハイン国、ならびに皇帝陛下ではなく、ここにいらっしゃるアルノルト・ハイン皇太子殿下と。……そして近々その妃殿下となられる、リーシェさまと」

「それは……」

「皇帝陛下に、ミリア殿の存在を隠し通していただきたい。そして私が大司教となった暁には、アルノルト殿下に出来る限りの御恩を返します」

予想もしていなかった申し出だ。

リーシェがこのタイミングで大神殿を訪れたのは元々、ミリアとの接点を結ぶためだった。

世界的な権威を持つクルシェード教団や、その巫女姫となるミリアと関係性が出来ていれば、戦争回避の一助になるかもしれない。アルノルトが教会を焼き払い、ミリアを殺そうとする未来が回避できるかもしれないと、そう願ったのだ。

（私の知るこれまでの人生で、アルノルト殿下と教団は敵対していた。この協力関係が実現すれば、きっと未来は変化する。だけど……）

隣のアルノルトをちらりと見上げる。

「『協力関係』だと？」

アルノルトは、心底不快そうな表情でシュナイダーを見ていた。

「己の立場を見誤っているようだな、シュナイダー？　貴様らがどう願おうと、俺はすでに巫女の存在を認識している」

「……仰る通りです」

「俺にとっては、教団の力などどうでもいい。対して、貴様らにとってこれは命懸けの極秘事項だ。悠長な申し出をしている暇があるのなら、もっと深く頭を下げることだな」

「アルノルト殿下」

リーシェが呼んでみても、アルノルトはこちらを一瞥もしない。シュナイダーは顔色を青くして、アルノルトを見上げた。

「私めの命運は、アルノルト殿下のお心次第だと申し上げました」

シュナイダーは、アルノルトに首を差し出すかのように一礼する。

「この頭を下げることで受け入れてくださるのであれば、たとえ体から離れ、地に落とされようと構いません。何卒《なにとぞ》、お願い申し上げます」

「震えている分際で。お前たちの女神とやらは、そんなお前を助けはしないぞ」

「私にとっての信仰とは、女神からの救いを求めるのではなく、人生をかけて女神に尽くすこと。

この命で女神の御子《みこ》を救えるのであれば本望です」

「――……」

そんなシュナイダーを見下ろして、アルノルトが何かを言いかけた、そのときだった。

「リーシェさま！」

「！」

部屋の扉が開け放たれ、愛らしい少女が顔を覗かせる。

菫の花みたいな淡い薄紫色の髪に、白い花冠をかぶったミリアが、きらきらと目を輝かせながら部屋に入ってきた。アルノルトがオリヴァーを睨むが、オリヴァーは一礼して退室する。

「ミリアさま。もうすぐ祭典なのに、準備はよろしいのですか？」

ミリアを抱きしめながら尋ねると、花が綻んだような笑顔が返ってきた。

「ええ、もう万端よ！」

あんなことがあったのに、ミリアは気丈にもシュナイダーや父に、祭典の再開を申し出たらしい。

公爵は反対したものの、ミリアは首を横に振った。自分の出自を父に聞かされたミリアは、すべてを受け入れてこう言ったのだそうだ。

『私は本物の巫女姫なのでしょう？　だったらその分の役割を、きちんと果たしたい』

『ミリア……』

『立派な姿を見てほしいの。ママや、いままでずっと私を守ってくれたパパに』

それを聞き、泣いてしまった公爵を宥《なだ》めながら、祭典はこのあと再開されることになっていた。

その支度を終えたミリアは、巫女姫の白いドレスに身を包んでいる。

「体調はいかがです？」

「昨日はすごく眠かったけど、今日は平気！　……祭典が終わったら、リーシェさまはすぐに元婚約者さまとの婚約破棄の儀式をやって、それからガルクハインに戻ってしまうって聞いたの」

「はい。その予定で準備を進めています」

リーシェは苦笑しながら頷《うなず》いた。

元々はたくさんの無理を言い、この大神殿に向かわせてもらったのだ。婚姻の準備のこともあるし、アルノルトをいつまでも拘束しておけない。

「私、お別れが寂しくて」

「ミリアさま……」

泣きそうな表情で俯くミリアに、リーシェはきゅうっと切なくなった。

（分かりきっていたことだわ。この人生では、『お嬢さま』の傍にずっといられる訳ではない）

リーシェにとってのミリアとは、敬愛する小さな主君だった。

意地っ張りで、お転婆で、何よりもとびっきり愛らしく優しい女の子だ。十一歳のミリアと出会ってから、十五歳でお嫁に行ったあの日まで、ミリアの成長をずっと見守ってきた。

そんな中で、妹のようにも思っていたのだ。

（けれどもあれは、もう戻らない人生のこと。たとえ、私がどれだけ寂しくても……）

「あのね、リーシェさま」

小さな手が、リーシェの手をきゅうっと握る。

「これからお別れして、そんなにたくさん会えなくても」

「……ミリアさま？」

「リーシェさまのこと。私の、お姉さんみたいに思っていてもいい……？」

リーシェがどれほど驚いたのかは、ミリアに伝わってしまっただろうか。

嬉しくて泣きたくなったのを堪え、リーシェはしゃがみこむ。そして、恥ずかしそうに染まったミリアの頬を撫で、微笑んだ。

「ミリアさまのような妹が出来たら、私もとても嬉しいです」

「わあっ！」

嬉しそうに声を上げたミリアを、リーシェはぎゅうっと抱き締めた。

そして身を離し、彼女と目を合わせて笑い合う。ミリアは次に、アルノルトの方へと駆け出した。

「皇太子殿下！」

「……」

アルノルトは黙ってミリアを眺めるが、ミリアは怯《ひる》まない。ドレスの裾を摘《つま》み、淑女らしい礼をしてこう告げる。

「パパ……お父さまから、『皇太子殿下が助けて下さった』と聞きました。ありがとうございます、皇太子殿下」

「……」

内心で冷や冷やしながらも、リーシェはアルノルトを見上げる。

アルノルトにとって、ミリアは血の繋がった従兄妹なのだ。ミリアはそれを知らないが、アルノルトには思う所があるのだろう。

（アルノルト殿下なりに、ミリアさまを案じるお気持ちはあったはず。だけど、従兄妹だと名乗るおつもりはないはずだし）

アルノルトは冷めきった目をしたまま、冷淡な声音でミリアに告げる。

「妻が望んだからそう動いた。それだけだ」

「そう、ですか」

ミリアはしゅんと肩を落としたあと、すぐに『良いことを思いついた』という顔になる。

「でも、皇太子殿下はリーシェさまと結婚なさるのでしょう？」

「それがなんだ」

「だったら、殿下は私のお兄さまだわ！」

「…………」

ミリアの言葉に、アルノルトが思いっきり眉根を寄せた。

その様子を見て、リーシェは思わず笑ってしまう。

「っ、ふふ！」

「……なにが可笑《おか》しい」

「いいえ、ミリアさまの仰る通りだなと思いまして。なにせアルノルト殿下は、私の旦那さまになるお方なのですから」

リーシェはミリアの頭を撫でると、蜂蜜みたいな色をした瞳を見つめて言った。

「家族だと思って下さいね。私だけでなく、アルノルト殿下のことも」

「嬉しい！　リーシェさま、私、祭典を頑張るわ！」

ミリアはぴょんと跳ねたあと、アルノルトににっこりと笑い掛けた。

「アルノルト殿下も、ご覧になってくださいな」

「……」

「それでは、お邪魔しました！」

元気いっぱいの声で言うと、ミリアはぱたぱたと部屋を出ていく。扉の向こうから、レオの叱るような声がしたが、それも段々に遠ざかって行った。

「……巫女として生まれてきたことなど、重荷でしかないだろうに」

アルノルトが、小さな声で呟いたのが聞こえる。

それを受けてか、シュナイダーがこう話した。

「白状させていただきますと、私は先日リーシェさまに、『アルノルト殿下と結婚をするべきではない』と進言しました。よもやアルノルト殿下の血筋について、リーシェさまが真実をご存じだとは思わなかったからです」

（知らされていたというよりも、気付いてしまった形なのだけれど……）

正確に言えば、あのときはまだ何も察していなかった。

『リーシェが知らないはず』だというシュナイダーの判断は、何も間違っていないのである。だが、それをわざわざ訂正はしない。

「女神の血を引く御子様など、無自覚に産むものではございません。いずれ必ずや争いの火種になる。仮に女児が生まれでもすれば、教団はそれこそ戦争を覚悟してでも、巫女姫の資格を持つ赤子を手に入れようとするでしょう」

「……ふん」

「何も知らないまま、そんな子供の母親になるなど酷でしかない。しかし、未来のガルクハイン妃殿下は、想像以上に強い芯をお持ちのお方でした」

「いいえ。それは、買い被《かぶ》りと申しますか」

思ってもみない褒め方をされて、居心地の悪い気持ちになる。

「叶うなら、あなた方ご夫妻と我々によって、ガルクハインと教団の新たな関係性を築いて行きたいと願っております。巫女の血を引いて生まれてきても、過分な宿命など負わなくて済む。……ミリア殿だけでなく、未来の子供たちのためにも」

「シュナイダーさま……」

リーシェは再びアルノルトを見る。しかし、その表情にやっぱり変化はない。

（アルノルト殿下はいずれ、未来でこの教団を焼き滅ぼす。いまの時点では、どのようなお気持ちなのかしら）

そしてそれは、教団への憎しみがあるからなのだろうか。

考えてみたところで分からない。そもそもが、アルノルトと彼の母に起きた出来事だって、リーシェはなにも知らないのだ。

そこに、ノックの音が響く。

「シュナイダー司教。恐れ入ります、そろそろ儀式のご準備を」

「待て。……殿下」

シュナイダーにとって、ここが最後の砦《とりで》なのだ。アルノルトをガルクハインに帰らせては、彼らにそれ以上の打つ手はない。

アルノルトは舌打ちをしたあと、シュナイダーを見下ろすように眺めた。

「煩わしい。呼び出されているのであれば、さっさと行け」

「いいえ殿下。私は」

言い募ろうとしたシュナイダーに、アルノルトは言い切る。

「巫女の存在は、父帝には隠し通す」

「!!」

その瞬間、シュナイダーが息を呑んだ気配がした。

リーシェも思わず驚いて、アルノルトの名前を呼ぶ。

「アルノルト殿下！」

「元よりそのつもりだ。父帝が巫女の存在を知り、妙な動きを取る気になっては面倒だからな」

忌々しそうな物言いだが、それでもはっきりと、アルノルトは告げた。

「そのためには、教団の幹部と手を組んだ方がやりやすい」

「——……っ」

シュナイダーは何かを言おうとして、けれども言葉に詰まったようだ。

青白かった彼の顔色に、僅かな血の気が戻ってくる。リーシェの方もほっとして、胸を撫で下ろした。

「よ……よろしいのですか。先ほども仰ったように、あなたさまには利点も少なく」

「少ないままにはしない。教団の力など無くとも構わないが、有れば有るなりに使えはする」

「では……」

「仔細《しさい》について、この場で詰めるつもりはない」

アルノルトは顔を顰めたまま、先ほどの言葉を繰り返した。

「聞こえなかったか。さっさと行け、と言ったんだ」

「シュナイダー司教。そろそろお支度いただきませんと」

外から修道士の声がして、シュナイダーは立ち上がる。

そして、もう一度アルノルトに礼をした。

「このご恩、忘れはしません。あなた方ご夫妻に、女神の祝福があらんことを」

「返上する。そんなものは、金輪際必要ない」

アルノルトの言葉に苦笑して、シュナイダーはリーシェを見た。

「それでは、殿下の分もリーシェさまに」

「ありがとうございます。シュナイダーさま」

受け取って、リーシェは彼に微笑みかける。

シュナイダーが退室すると、部屋にはリーシェとアルノルトだけになった。長椅子に座り直した
リーシェは、隣のアルノルトを見上げる。

「ご無理をなさっていませんか？」

リーシェの問いに、アルノルトは訝しそうな顔をした。

「していない」

「……それなら良いのですが」

「何故そんなことを聞く。お前は、巫女との交流も鑑みれば、教団との関係が良好な方が喜ばしいのだろう」

「それは、そうですけど」

リーシェは口を尖《とが》らせた。

「アルノルト殿下の本意でないことは、私だって嫌です」

「……」

アルノルトは小さく息をついて、長椅子の背もたれに体を預ける。

「まったく本意でない訳ではない」

「本当ですか？」

「司教にも言っただろう。無ければ無いで構わないが、あるならばそれなりに使わせてはもらう」

（それが、戦争の話でなければいいのだけれど……）

手放しで喜べないのが複雑だが、ひとまずはよしとする。

『あれば使う』という方針を持つのは、何もアルノルトだけではないのだ。リーシェだって、教団との繋がりが出来るのであれば、戦争回避のため存分に働き掛けさせてもらう。

「よかった。ミリアさまも、お喜びになるかと」

そう言うと、アルノルトはむっとくちびるを曲げる。

「子供は好きじゃない」

「あ。それ、オリヴァーさまに聞かれたら怒られるみたいですよ」

「……なぜ」

「未来の妻の前で、そういう発言は良くないんだそうで」

するとアルノルトは、挑むように笑うのだ。

「は」

彼はリーシェの顎を掴み、掬《すく》うようにして上を向かせる。

「お前に、そういう覚悟があると思えないが」

「んん……っ!?」

思わぬ方向に話が転がり、動揺して変な声が出た。

「か、覚悟とは!?」

「要するに世継ぎの話だろう？　先ほどのシュナイダーの話だって、俺とお前のあいだに生まれる子供のことだぞ」

「ひえ……っ」

いきなり場の空気が変わり、そんなことを告げられて、頭の中が真っ白になる。

そんなリーシェを見て、アルノルトは面白そうに笑うのだ。

「やはり分かっていなかったな」

「いえっ、わっ、分かっていましたよ!?　本当に、ちゃんと全部……!!」

「へえ？」

分かってはいたのである。ただ、あんまり現実の話として聞いていなかっただけだ。

リーシェの動揺を汲《く》み取って、アルノルトは目を細める。

「分かっていた割に、離宮の部屋は別々のものを用意していたが」

（そこから失敗してました!?）

大変な事実にびっくりしたが、それを顔に出すわけにはいかない。ぐるぐると視界が回る中、
リーシェは必死に反論した。

「でも！　それは最初に、アルノルト殿下が『指一本触れない』と約束して下さったから!!」

「それは先日撤廃された。その認識でいる」

「うぐ……っ」

左手の薬指に嵌《は》めた指輪を、アルノルトの指がするっとなぞる。

（ど、ど、どうしたら……!?）

「……からかい過ぎたな」

途方に暮れたリーシェを前に、アルノルトがふっと笑う。

「心配するな」

リーシェの髪を混ぜるように、頭を撫でた。そして、アルノルトはこんな風に言うのだ。

「たとえ婚姻を結んでも、お前に手を出すような真似はしない」

「……え」

思わぬことを言われて驚いた。

ぱちぱちと瞬きを繰り返し、海色をしたアルノルトの瞳を見上げる。

「そう、なのですか？」

「ああ」

はっきりと肯定され、リーシェは思い知る。

（それもそうだわ。アルノルト殿下は、何か目論見があって私に求婚なさったのだもの）

それを改めて理解し、ゆっくりと息を吐いた。

（本当の妻としての役割を、求められている訳じゃない）

ほっとしたような心地になる。

だが、それと同じくらい、なんだか妙な揺らぎを感じた。

「……？」

左胸がずきずきと痛む気がして、リーシェは思わず首をかしげる。そんなことなど知らないであろうアルノルトは、長椅子に背を預け直すと、ごくごく小さなあくびをした。

どこか無防備な様子を見て、自分自身の感情は一度忘れることにする。

「眠いですか？」

「……ああ」

普段よりも、少し柔らかい返事だ。

（私は休ませてもらったけど、アルノルト殿下はお忙しかったはず）

一昨日の夜だって、リーシェと同じ寝台で眠らせてしまった。人の気配に聡《さと》いアルノルトは、きっと熟睡など出来ていないだろう。

「祭典が始まるまで、少しお休みになっては？」

「……」

アルノルトは、隣に座ったリーシェを眺める。

「そうだな」

「！」

そして、その長椅子に横たわると、リーシェの膝へと頭を乗せた。

「で、殿下」

「少し膝を貸せ。ここで仮眠を取る」

驚いて、こくりと喉を鳴らす。

別段それは構わない。なんだか距離が近いし、アルノルトの頭が太ももの上にあるのは妙な感じがするが、それ自体は不思議と問題ないのだ。

「嫌だったら退《ど》いて構わないぞ」

「そ、そういうわけではないのですが。でも、オリヴァーさまにお伝えしないと」

「いらない。このまま廊下で待機させておけ」

「待機……」

「あいつは最近、俺の命令に歯向かいすぎだ」

そう言うが、アルノルトのことを考えた上のはずだ。

「気に掛かるのはそれだけか」

「も、もうひとつ。私が枕だと、寝心地が悪いのではないですか？」

「……何故そう思う」

「なんとなく……」

昨日の朝を思い出し、気恥ずかしくなって口籠る。

アルノルトも同じことを思い出したのか、リーシェを見上げてこう言った。

「一昨日の夜は、よく眠れた」

「……！」

それから、彼にしては緩やかな瞬きをする。

「妙な夢を見なかった。それは、随分と珍しいことだ」

「殿下……」

そんな風に言われてしまっては、正論が言えなくなってしまう。

本当ならここで仮眠を取らず、短い時間でも寝台で眠るべきだ。もちろん一人寝が一番なのに、
それを進言する気になれない。

困ったリーシェを見上げながら、アルノルトが尋ねてくる。

「お前は、どんな夢を見ていたんだ」

「え」

「深夜、お前の体調を確認したときに。……俺の手に頬を擦り寄せて、微笑んだが」

「うええ……っ!?」

あのとき見ていた夢なんて、問われればすぐにでも思い出せた。

リーシェはいつも必ず、過去の人生で過ごした日々の夢を見る。それが一昨日、アルノルトと同じ寝台で眠ったときは、繰り返しの人生になって以来初めての『そうではない』夢だった。

今世の、アルノルトと出会ってからの夢だ。

「ん？」

「〜〜〜っ」

正直に言えるはずもなく、リーシェはぎゅっと顔をしかめる。

「ひ、秘密です」

「そうか。妬《や》けるな」

「嘘ばっかり……」

拗《す》ねながら、アルノルトの瞼《まぶた》に手のひらを重ねる。アルノルトの睫毛《まつげ》が長いお陰で、その先が触れてくすぐったい。

「もう、お休みになってください」

「……分かった」

それからアルノルトの寝息が聞こえてくるまで、およそ五分ほどの時間を要した。

彼が眠ったのを確かめると、リーシェはゆっくりと手を離す。そして、眠ったアルノルトのくちびるに、そうっと指で触れてみた。

「…………」

左胸は、やっぱりずきずきと痛むままだ。

＊＊＊

祭典の儀式は厳かに、そして盛大に行われた。

大司教の役割はシュナイダーが務め、着飾ったミリアが祭壇の前に立つ。神具の弓矢を女神に捧げ、美しい曲調の歌を歌った。

ミリアの姿は可憐《かれん》であり、同時にとても堂々としている。

練習の時よりも素晴らしい振る舞いに、心の中で拍手喝采を送った。隣で一緒に見ていたアルノルトは、何も言及しなかったが、同時に「くだらない」と切り捨てることもない。

そんなアルノルトの様子も、リーシェは微笑んで見守った。

そして祭典が終わったあとは、中断されていた婚約の儀の破棄だ。

昼前からお昼の二時くらいまで時間を掛け、ようやくディートリヒとの婚約が撤廃される。リーシェは軽食を取り、慌ただしく帰りの支度を終えて、アルノルトの待つ馬車へと向かった。

「お待たせしました、アルノルト殿下！」

「別に、そこまで急ぐ必要はない」

馬車の前に立っていたアルノルトはそう言うが、宿屋がある町はここから二時間ほどの場所だ。今のうちに出発しなくては、森の中で日没を迎えてしまう。

大神殿に立ち入れないため、四日間ずっと近隣の村で待機していた近衛《このえ》騎士たちも、全員合流出来ているようだった。彼らに挨拶をしていると、茶色い頭をした子供の姿が目に入る。

「レーオ」

「げっ」

「どうしたの？　やっぱりガルクハインへ来る？」

わざとそんな風に尋ねてみると、レオは心外そうに顔を顰めた。

「違う。ギリギリまで、ガルクハインの戦い方を聞いておこうと思っただけ」

どうやらレオは、アルノルトの近衛騎士たちに助言を受けて回っていたらしい。

その頬には、小さなガーゼが貼られている。

「アルノルト殿下の訓練はどうだった？」

「……すごかった」

リーシェが婚約破棄の儀式を行っているあいだ、アルノルトはレオを呼び、約束していた剣の稽古をつけたのだそうだ。

アルノルトも忙しかっただろうに、このことを気に掛けていてくれたらしい。レオはしっかり指導されたようだが、その顔にへこたれた様子はなく、寧《むし》ろ生き生きとしている。

「教わったことは全部吸収してやるんだ。あんたたちが帰っても、シュナイダーに久しぶりに稽古をつけてもらう」

「ふふ。やる気いっぱいで素敵だわ」

レオに対する危なっかしさは、リーシェの中から消えていた。

強くなりたいというレオの願いが、誰かを殺すためでなく、守るためのものだと分かったお陰もあるだろう。年長者としての勝手な心配だが、それでも安心してしまうのだ。

「体に気をつけてね、レオ」

しゃがみこんだリーシェは、レオを見上げてそう願った。

「怪我をしないで。色んなことを勉強して、たくさんの人に会って、自分の選択肢を広げて」

脳裏に思い描くのは、騎士人生で出会ったレオのことだ。

シュナイダーの元から逃げ出して生き延び、あの国で生活することを選んだレオは、いつも自分自身に怒っていた。

そして、騎士として訓練するリーシェたちのことを、もう届かない遠い憧れのように眺めていた。

「大人になっても、あなたが笑っていてくれると嬉しいわ」

「……？」

当然ながら、レオは訝しそうな表情だ。

「あんたの言うことは、よく分からないけど」

そう前置きしたあとで、レオが俯く。

「俺は、さっきのアルノルトさまとの稽古が楽しかったよ。……あんたと、森を歩いたときも」

「……レオ」

「森の方は、ほんのちょっとだけどな」

そう言ってぷいっと目を逸らすから、リーシェは笑う。

少なくとも、要人の護衛役として強くなろうと目指す日々は、レオにとって苦痛ではないということなのだろう。

「そろそろ行かないと。騎士になりたかったら、アルノルト殿下にお願いしてみてね」

「やだよ。俺は騎士よりももっと身軽な方がいい」

「身軽？」

それはつまり、立場的なものだろうか。確かに騎士の身分よりも、影の護衛などを務める方が、動きやすいというのはあるかもしれない。

そう思っていると、レオはどこか悔しそうな声で言った。

「……ロープで自由自在に森を歩き回ったり、投げナイフとか弓矢みたいな飛び道具を使ったり、そういう戦い方を目指すってことだよ！」

「！」

顔を真っ赤にしたレオが、リーシェに向かってべっと舌を出した。そして背を向けたかと思うと、アルノルトに一礼してから走り出す。

（行っちゃった）

「リーシェ」

「！　はあい」

アルノルトに呼ばれて立ち上がり、彼の待つ馬車の方へと向かう。

手を引かれて先に乗り、リーシェの正面側にアルノルトが乗り込むと、やがて馬車はゆっくりと動き出した。

「婚約破棄の儀は、問題なく終わったか」

「はい。お待たせしてしまいましたが、つつがなく」

「……ならいい」

アルノルトは窓枠に頬杖をつくと、通り過ぎていく大神殿を漫然と見上げた。

リーシェは外の景色でなく、向かいに座るアルノルトを見つめてみる。アルノルトは、亡くなった母に纏《まつ》わる場所を、どんな心境で眺めているのだろうか。

（私がお連れした所為で、嫌な思いをなさらなかったかしら……）

アルノルトが同行してくれたのは、どう考えてもリーシェを守るためだ。『アルノルト・ハインの婚約者』に対し、教団側が何か動くのではないかと懸念して、儀式以外では近寄らないようにとまで命じてくれた。

（私のやろうとしていることは、アルノルト殿下の目的を阻むことなのに）

つまりは、アルノルトが起こす戦争を止めることだ。

そんなリーシェの思惑を、もしもアルノルトが知ったのなら、彼はどんな風に感じるだろうか。

「……」

ずうっと見つめてしまった結果、アルノルトがリーシェに視線を向けた。

かと思えば、形の良い手が伸びてくる。前髪を梳《す》くように撫でたあと、アルノルトはリーシェの額に触れた。

「もう、熱はないですよ？」

意図を察してそう告げると、アルノルトはしれっと口にする。

「お前の体調に関する自己申告は、信用しないことにした」

「うぐ……」

心外だ。リーシェだって別段、嘘をついているつもりではないのに。

眉を下げて、渋々上目遣いに尋ねる。

「では、アルノルト殿下の診断結果はいかがですか」

「まあ、これなら良い。顔色も随分と良くなった」

手を引いたアルノルトは、再び窓の外に目を向ける。そして作られた無表情は、いつも以上に感情の読めないものだ。

「あの、殿下」

「ん」

考えていたことを実行したくて、リーシェは彼に問い掛けた。

「……向かいではなくて、お隣に座ってもいいですか？」

そう尋ねると、アルノルトが僅かに目をみはる。

左胸がまたずきりと痛くなり、リーシェは慌てた。

「や、やっぱりお向かいで大丈夫です!!　そうですよね、行きのときみたいに書類のお仕事をなさったりされますもんね!?」

「……いや」

目を伏せたアルノルトは、隣の座席をぽんぽんと軽く叩《たた》く。それを受け、リーシェはぱあっと目を輝かせた。

馬車の中で気を付けて立ち上がると、アルノルトが自然に手を貸してくれる。その手を支えに、くるりと身を反転させて、アルノルトの隣にぽすんと座った。

「今度は何を企んでいる？」

「それはですね……」

左手を伸ばし、アルノルトの横髪を彼の耳に掛ける。

アルノルトの注意が、リーシェの左手に向けられた瞬間、リーシェは右手で仕掛けを使った。

「えいっ」

「！」

アルノルトの目の前で、ぽんっと桃色の花冠を出現させる。

表情を見るに、驚かせるのには成功したようだ。リーシェはにんまりと笑みを浮かべ、花冠をアルノルトの頭に乗せた。

「びっくりしました？」

「……ああ」

「よかった。行きに見破られたのが悔しくて、大神殿で練習したんです」

美しい面立ちのアルノルトに、花の冠はよく似合う。

そのことを口に出した場合、きっと嫌そうな顔をされるだろうけれど。

「祭典で配られる花冠は、女神さまからの祝福なんだとか」

「リーシェ」

「とはいえ殿下のご様子だと、女神さまの祝福は不要と仰るでしょう？　……なので、この花冠は私が編みました」

「──……」

たとえばこれが、無理やり連れ出したお詫びになるとは思わない。

それでもほんの少しだろうと、アルノルトの力になれば良いと思う。花の美しさや、その甘やかな香りなどが、良い方に作用すればいい。

「なら、これはお前からの祝福ということか」

「う。そのようなことを言い切れるほど、大それたものではないのですが」

「……は」

アルノルトは、短く息を吐き出すように笑った。

すぐ隣でそんな表情を向けられて、左胸がずきんと強く痛む。そのことに混乱する暇もなく、アルノルトはこんなことを言った。

「つくづく、俺はお前に敵《かな》わないな」

「……!?」

思わぬ言葉の意味が分からず、リーシェはぱちりと瞬きをする。

「私、アルノルト殿下に一度も勝てたことはないですが」

「そんなはずはない。お前がそれを知らないだけだ」

「えええ……?」

きっぱりと断言され、ますます訳が分からなかった。

それでも、隣のアルノルトは目を細める。花冠を外し、今度はリーシェの頭に乗せるのだ。

「花冠は、お前の方がよく似合う」

「殿下」

「だが、祝福は受け取った」

どうやら、ただ迷惑なだけにはならなかったようだ。

リーシェは安堵したあとで、嬉しくてくすりと笑みを浮かべた。

「殿下にもすっごくお似合いでしたよ？　お花を乗せていらっしゃるのが、可愛《かわい》くて」

「……やめろ」

「あ、珍しいお顔。本当にお可愛らしかったのに」

「………」

アルノルトはふんと鼻を鳴らし、皮肉っぽい声音で言う。

「さすがお前は度胸があるな。なにしろこの俺の首筋に噛み付くくらいだ」

「あっ、その話をいま持ち出します!?」

すでに恥ずかしい過去となりつつあるそれを、リーシェは慌てて弁解した。

「そもそも私があしたのは、アルノルト殿下が先になさったからで……!!」

「俺のは救命行動だぞ。他にも手段があったお前とは違う」

「うぐぐ……！」

反論できなくて黙り込むと、アルノルトはやっぱり面白そうに笑うのだ。

「やっぱり、アルノルト殿下には勝てないのですが……」

「言っただろう。そんなはずはない、と」

詳しく説明する気もなさそうなアルノルトが、くしゃりとリーシェの頭を撫でる。もっと問い詰めたいけれど、至近距離に見上げた瞳にどきりとした。

（……変な感じがする）

左胸の奥が苦しくなる。

思い出すのは、アルノルトとキスをした礼拝堂で、彼に告げられたあの言葉だ。

『俺の妻になる覚悟など、しなくていい』

「……っ」

ぎゅっとドレスの裾を握り、リーシェは短く息を吐いた。

アルノルトに触れられると、心の奥が淡い疼《うず》きを覚える。それは、どうしてなのだろう。


（……この人に貫かれた心臓が、すごく痛い…………）


下手をすれば、あのとき剣を突き立てられたよりもずっと。

騎士人生で最期の瞬間、アルノルトはリーシェになにを囁《ささや》いたのだったか。

朧《おぼろ》げに霞《かす》み、思い出せないあの言葉を、どうしてか思い出したくてたまらなくなった。

「……」

リーシェは目を瞑り、額をアルノルトの腕にくっつける。

アルノルトに顔を見られたくないけれど、かといって不自然に隠すことも出来ない。

「リーシェ？」

「……すこしだけ」

祈るような心境で、こうねだった。

「眠たいので、殿下の肩を貸してくださいませ……」

「……」

その言葉は、嘘だと気付かれてしまっただろうか。

だが、アルノルトは静かにこう言った。

「分かった」

子供をあやすように髪を撫でられ、アルノルトにくっついたまま息を吐き出す。

（やっぱり、アルノルト殿下はとてもやさしい）

けれど、やっぱり苦しさは治まらない。

本当に眠れたらよかったけれど、結局それは叶わなかった。左胸に芽生えたその痛みは、妙な甘さを帯びながらも、ずきずきとリーシェを苛《さいな》むのである。

つづく

番外編

子守唄など、いらないくらいに

森で毒矢を受けた夜、アルノルトの過去について教わって、リーシェは思わず泣いてしまった。堪《こら》えなければと思っても、とめどなく溢《あふ》れて止まらない。アルノルトを困らせ、何度も涙を拭ってもらって、長い時間が経《た》ったころ。

「落ち着いたか」

「はい……」

髪を撫《な》でられて、ぐすぐすしながらも頷《うなず》いた。

寝台へ仰向《あおむ》けに寝かされたリーシェは、傍《そば》に座ったアルノルトを見上げる。たくさん泣いた所為《せい》なのか、思考が何処《どこ》かふわふわしていた。

「欲しいものは」

尋ねられたが、お腹《なか》はそれほど空いていない。

解毒剤を飲んだお陰なのか、喉の渇きも感じないようだ。この薬は、なるべく水分を控えた方が効きやすいので、このまま何も飲まない方が良いだろう。

そんなことを考えているあいだにも、アルノルトの手がリーシェの首筋に触れた。

正しくは、首の付け根と言った方がいいだろうか。首には包帯が巻かれているので、その上の肌を撫でられた形だ。

「……ん」

「痛むのか？」

アルノルトが顔を顰《しか》めたので、リーシェはゆっくりと首を横に振る。

そうして、アルノルトの手に自分の手を重ね、押し付けるようにして首筋を擦り寄せた。

「殿下の手、冷たくて、気持ち良い……」

「……」

すると、アルノルトの眉間にますます皺《しわ》が寄った。

体が熱を帯びている所為か、本当に心地良かったのだ。大きな手は、片方だけでもリーシェの頬をすっぽりと包み、火照った熱を奪ってくれそうな気がする。

もっとしてほしくて、ぎゅうっと押しつけた。

複雑そうな顔のアルノルトは、それでもリーシェの好きにさせてくれる。だが、いつまでもアルノルトをここに留《とど》めておくわけにもいかない。

「ありがとう、ございました。アルノルト殿下」

最後にもう一度頬を擦り寄せ、心地良い冷たさを分けて貰《もら》いながら、リーシェはそっと息をついた。

どれほど名残惜しくても、ちゃんと我慢をしなくてはいけないのだ。

だから濡《ぬ》れた睫毛《まつげ》のまま、アルノルトをじっと見る。

「もう、大丈夫ですから。……アルノルト殿下も、お部屋に戻って、どうかお休みください」

そろそろ日付も変わる頃だろう。窓から見える月の位置が、おおよその時間を教えてくれる。

だが、アルノルトははっきりと言ってのけた。

「ひとりで置いておける訳がないだろう」

押し当てていたアルノルトの手が、するりと離れてしまう。代わりに、リーシェが寝台の上に投げ出していた手に指を絡め、穏やかな声で言った。

「一晩、お前の傍にいる」

「……っ」

やはり、心配を掛けてしまっているのだ。

それでも、アルノルトにそんなことをさせる訳にはいかない。吸い出してくれた毒の影響も心配だし、昼間の公務でも忙しかったはずだ。

このままリーシェのために起きていたら、アルノルトまで体調を崩してしまう。

「だ、だめです」

だから、慌てて体を起こそうとした。

「ちゃんと寝ていろ」

「アルノルト殿下も休まないとだめです。私のために、これ以上のご迷惑は」

「聞く気はない。……寝ていろ」

「ひゃ」

肩を軽く押され、それだけでぽすんと寝台に沈む。起き上がる体力も無いくせにと、アルノルトの表情が言外に語った。

（このままじゃ、本当に殿下はずっと起きたまま）

そう思うと、じくじくと胸が痛くなる。

どんなに優れた滋養薬も、睡眠による回復には叶《かな》わない。逆に言えば、丸一日起きているという
ことは、それだけ人の体力を削ってしまうのだ。

「アルノルト殿下。お願い、ですから」

「お前の安全に関わる頼みは、聞き入れないと決めている」

「う……」

視界が再びじわりと滲《にじ》んだ。

すると、アルノルトがぐっと顔を歪《ゆが》める。

「……こればかりは、お前を泣かせたとしても駄目だ」

「じゃ、じゃあ」

リーシェは手を伸ばし、アルノルトのシャツの袖をぎゅっと掴《つか》む。

「殿下も、一緒に寝台に入って」

「……は？」

「どうしても、この部屋に居てくださるというのなら」

泣き過ぎてぐずぐずな思考の中で、必死にアルノルトへと訴えた。

「寝ずの番じゃなく、せめてここで寝てください……」

「…………」

＊＊＊

リーシェが半べそで駄々《だだ》を捏《こ》ねた結果、アルノルトは最終的に折れてくれた。

アルノルトが背中を向けてくれているあいだ、リーシェはのろのろとドレスを脱ぎ、体を拭って薄手のナイトドレスに着替える。

アルノルトの方は同じく体を拭ったあと、白いシャツのボタンをいくつか外し、それで寝支度とするらしい。

壁側に寝かされたリーシェは、ぼんやりした気分のまま、寝台のふちに腰掛けたアルノルトの背中を眺める。

シャツ姿の背中はとても広い。

上着を着ていると分かりにくいが、アルノルトは細身の体型に見えて、しっかりとした男性らしい体つきをしているのだ。

「お部屋に戻って、部屋着に着替えなくても、寝にくくないですか……？」

片手で袖口のボタンを外しながら、アルノルトは平然とした声音で言った。

「一度この部屋を出たら最後、お前が二度と俺を中に入れない気がするからな」

「…………」

「……これで寝る」

上掛けをめくられる。

ぎしりとスプリングが軋《きし》み、沈み込む感覚が伝わってきた。

邪魔にならないよう壁際に動こうとすると、「そこまで端に寄らなくても良い」と声を掛けてくれる。横向きに寝転がったリーシェは、枕に頭を乗せたアルノルトの横顔をじっと見つめた。

誰かと同じ寝台に入るのは、なんだか不思議な気分だ。

（やっぱり、頭の中がふわふわする……）

この寝台は広いため、手をいっぱいまで伸ばさないとアルノルトに届かない。それでも心配だったので、尋ねてみる。

「狭く、ないですか」

「ああ」

「ほんとうに？」

アルノルトのシャツの袖口を、指先で掴んでつんっと引きながら尋ねた。

「……私の我《わ》が儘《まま》で、無理をなさっているのでは……」

「っ、していないから泣くな……」

やっぱり思考がぐちゃぐちゃで、弱った心地のままだった。すぐさま泣きそうになってしまうから、きっとアルノルトを困らせている。

仰向けだったアルノルトが、こちらに寝返りを打った。その分だけ距離が近くなり、リーシェをあやすように頭を撫でる。

ぼやぼやした視界の中でも、アルノルトが困った表情をしているのが分かった。

僅かに眉根を寄せているだけだが、申し訳なくてぐすぐすと謝る。

「殿下、ごめんなさい」

「なにが」

「だって、これじゃあまるで、小さな子供のお世話をしていただいているみたい……」

「……」

少なくとも、一国の皇太子にさせるような真似《まね》ではない。

けれどもアルノルトは、それに対して怒らずにいてくれた。一方で、リーシェの頭を撫でながら、こんなことを言う。

「小さな子供だとは、思っていない」

「……」

では、一体どういう想定なのだろう。

泣きすぎてぼんやりする思考の中で、リーシェは懸命に考える。そして、頭を撫でてくれる手を改めて見上げながら、尋ねてみた。

「……動物……？」

「どうしてそうなる」

「それは、アルノルト、殿下が……」

ゆっくり、ゆるゆると瞬《まばた》きをしながら、考えたことを口にした。

「よしよし、してくださって。……心がぽかぽか、ふわふわ……」

思考がとろりと溶けそうになり、リーシェは無意識に目を擦る。その様子を見たアルノルトが、
呆《あき》れたような声音で言った。

「お前、実はかなり眠いな」

「……ねむくないです」

「分かったから、目を閉じていろ」

そう言われ、小さく首を振って嫌々をした。このまま眠りに落ちるのが、少し怖いのだ。

溜《た》め息《いき》と共に、手が離れる。

それを僅かに名残惜しく思っていると、アルノルトは、リーシェの腰の辺りをとんっと撫でた。

「殿下？」

リーシェがぱちりと瞬きをすると、こんな言葉が返ってくる。

「幼子は、こうするとよく眠るんだろう？」

「！」

それは、リーシェがアルノルトに話したものだった。

少し前、テオドールによるリーシェの誘拐騒動があった翌日にも、リーシェはアルノルトと同じ寝台に入ったことがある。あのときは今と反対で、アルノルトをリーシェが寝かし付けたのだ。

「……幼子じゃないって、殿下がさっき言ったもん……」

「ほう」

歯向かってみたものの、とん、とんと一定のリズムで撫でられて、思考がますますぼやけてくる。

「ね、眠くない……」

ここで眠るとアルノルトがまた起き出して、リーシェの看病をしてしまうかもしれない。せめてアルノルトが眠った後ならばと、彼を見上げる。

「私も殿下をとんとんしたら、先に寝てくれますか……?」

「なにを競うつもりなんだ、それは」

「ううう……」

アルノルトはすごい。ぐらぐらしていた感情が和らいで、どんどん眠たい方に傾いていった。

(寝たら駄目なのに。アルノルト殿下が、ちゃんと眠れるかどうか、分からないのに……)

寝台から出てしまわないように、アルノルトのシャツを握り込んだ。するとアルノルトは、僅かに複雑そうな顔をする。

「それ、癖なのか」

「……?」

「お前は眠るときに、隣の人間を引き寄せようとするだろう」

そんなことを問われても、寝ているあいだのことは分からない。

第一に、両親とすら一緒に寝たことのないリーシェは、そんな癖があっても発揮しようがないはずだ。

「あのときも、目が覚めたら、お前が俺の頭を抱き込んで寝ていた」

「――……」

緩やかな瞬きを、ひとつする。

あのときというのは、まさに先日アルノルトを寝かしつけたときの話だろう。

アルノルトが寝たあと、リーシェもうっかり眠ってしまったのだが、目覚めたときにはアルノルトが先に起きていた。

「ぜんぜん、おぼえてないです」

「……だろうな」

平時なら絶句していただろうが、いまはいかんせん思考が鈍い。ぼやぼやと考えを巡らせて、やっぱりよく分からないという結論に至る。

「きっと」

アルノルトのシャツを握る力を、ほんの少しだけ強くする。

「そのときの私は、殿下のことを、お守りしたかったんだと思います」

すると、アルノルトの手が止まった。

解せないものを見るような目が、リーシェへと向けられる。

「俺は、お前に守られる必要はない」

「でも。眠っているあいだは、誰だって無防備ですから」

睡眠時の人間は弱いのだ。

だからこそリーシェだって、どんな人の傍でも寝られる訳ではない。心配事があれば、その分だけ寝付きも悪くなる。

「ぎゅうってしていたら、アルノルト殿下を守れるような気が、したのかも」

「……」

アルノルトは難しい顔をしていた。

リーシェはうとうとしながらも、アルノルトに告げてみる。

「……今日も、そうして良いのなら、すぐに眠れるかもしれないです」

「お前は放っておいても、あと少しで寝る」

断言されて、いささか悔しい気持ちになった。

けれどもそれ以上にすごく眠い。熱っぽさがあるのは否めなくて、抗《あらが》うことは難しそうだ。

「それなら」

リーシェはアルノルトのシャツを離し、ごくごく小さな声でねだる。

「代わりに手、繋《つな》いでたい……」

「………………」

人の体温が間近にあることが、こんなにも安心するだなんて知らなかった。

たくさんたくさん泣いた所為か、死にかけて心根が弱ったのか、我が儘が押さえられそうにない。

アルノルトの体温を傍らに寄せ、それを留めておきたいのだ。

せめて、眠りにつくまでの間だけでも。

そう願って見つめると、アルノルトは静かに目を伏せた後、リーシェの手に指を絡めてくれた。

やさしいのにどこか力強い、そんな絡め方だ。

リーシェがそっと握り返せば、アルノルトは仕方がなさそうに、それでいて穏やかに尋ねてくる。

「満足か」

「……ふふ」

しっかりと繋がれた安心感に、嬉《うれ》しくてとろりと微笑《ほほえ》んでしまう。お礼を言うよりも真っ先に、叶えられた喜びを口にしていた。

「……うれしい。殿下にこうされるの、とっても好き……」

「――……」

アルノルトの手は冷たいけれど、こうしているとすぐに温かくなる。リーシェはそれを確かめながらも、いよいよ眠たくてたまらない。

それでも、これだけは確かめておかなくては。

「……私が寝ちゃった後……。殿下だけ、起きていたりしないって、約束して……」

アルノルトは、そこでもう一度溜め息をつく。

体を起こしたあと、リーシェの耳元にくちびるを寄せて、誓ってくれた。

「俺もちゃんと眠る」

「……すぐに？」

「ああ。――だから、安心しろ」

そう言われて、ようやくほうっと息をついた。

アルノルトは、リーシェとの約束を破らない。いままでの彼の行いで、それは証明されている。

「よかったぁ……」

安堵《あんど》して、ふにゃりと緩んだ微笑みを浮かべた。

「おやすみなさい」と挨拶をしたかったのに、強い眠気が意識をさらう。

リーシェはそれに抗わず、ことんと眠りの中に落ちた。

それでも、アルノルトの手は握ったままだ。

「……」

そのとき、アルノルトが本日最大の溜め息をついたことなどは、当然気付くはずもない。

そしてリーシェはそのまま、翌朝の目覚めを迎えるまで、暖かな夢を見続けたのだった。

おわり

あとがき

雨川透子《あめかわとうこ》と申します。ルプなな3巻をお読みいただき、ありがとうございます！

今巻は、主にリーシェが四度目の人生で関わった人たちとのお話でした。

アルノルトとリーシェの距離も、分かりやすく縮まった巻のはずです。アルノルトからリーシェへのデレ度レベルは、この巻で10段階中4になりまして、伸び代でいっぱいです！

まだまだアルノルトの秘密はたくさんありますが、今後を見守っていただければ嬉《うれ》しいです。

八美☆わん《はちぴす》先生、今回もとても美麗なイラストをありがとうございます！　一日に何回も拝見しては、大好きが止まらない日々を送っています。ずーっと眼《め》が幸せです……！

校正さま、いつも私のやらかしを沢山フォローいただきありがとうございます。そして担当さま、無茶な相談ばかりしてごめんなさい。反省の気持ちはあるんです。ほんとうです。

そして何より、読者の皆さまにお礼申し上げます。読んで下さってありがとうございます！

木乃《きの》ひのき先生によるコミカライズ1巻も、いよいよ発売になりました。生き生き活躍するリーシェたちを、是非ともご覧ください！

小説はなんと、4巻を出していただけるそうです。これからも皆さまにお付き合いいただけましたら、こんなに幸せなことはありません。

また次巻でお会いできることを祈りつつ！　ありがとうございました。

次巻予告

ループ7回目の人生で、皇太子アルノルトとの日々を送るリーシェ。
ドマナ聖王国の騒動から一週間が経った折、
賓客を迎えるために留守にするとアルノルトから告げられる。
それを聞いたリーシェは思わずその袖を掴んでしまい……？
この気持ちは、なんだろう？
整理がつかないまま、海辺の街に同行することに。
そこで他国の王と政略結婚する王女・ハリエットと出会ったリーシェは、
アルノルトとの結婚について思いを馳せて——。

「ループ7回目の悪役令嬢は、元敵国で
自由気ままな花嫁生活を満喫する４」

大好評発売中！

OVERLAP NOVELS f

ループ7回目の悪役令嬢は、元敵国で自由気ままな花嫁生活を満喫する 3

発行
2021年6月25日 初版第一刷発行
2022年5月13日 第三刷発行

著者 雨川透子

イラスト 八美☆わん

発行者 永田勝治

発行所 株式会社オーバーラップ
〒141-0031 東京都品川区西五反田 8-1-5

校正・DTP 株式会社鷗来堂

印刷・製本 大日本印刷株式会社

ISBN 978-4-86554-944-7 C0093

【オーバーラップ カスタマーサポート】
電話 03-6219-0850
受付時間 10時～18時(土日祝日をのぞく)

作品のご感想、ファンレターをお待ちしています

あて先：〒141-0031 東京都品川区西五反田8-1-5 五反田光和ビル4階 オーバーラップ編集部

「雨川透子」先生係／「八美☆わん」先生係

スマホ、PCからWEBアンケートにご協力ください

アンケートにご協力いただいた方には、下記スペシャルコンテンツをプレゼントします。
★本書イラストの「無料壁紙」 ★毎月10名様に抽選で「図書カード(1000円分)」

公式HPもしくは左記の二次元バーコードまたはURLよりアクセスしてください。
▶ **https://over-lap.co.jp/865549447**
※スマートフォンとPCからのアクセスにのみ対応しております。
※サイトへのアクセスや登録時に発生する通信費等はご負担ください。

オーバーラップノベルスf公式HP ▶ **https://over-lap.co.jp/lnv/**

OVERLAP NOVELS f
二度と家には帰りません！
I'll Never Go Back to Bygone Days!
Author みりぐらむ
Illustration ゆき哉
国王の弟に見出された令嬢のシンデレラストーリー！
WEB発の人気作！
母と双子の妹に虐げられていた令嬢のチェルシーは、12歳の誕生日にスキルを鑑定してもらう。その結果はなんと新種のスキルで!?珍しいスキルだからと、鑑定士のグレンと研究所に向かうことになったチェルシーを待っていたのは、お姫様のような生活だった！